一路向心

在空气稀薄地带骑行

白宇 著

北京出版集团公司

北 京 出 版 社

许多人问我何必要如此折腾自己
其实我就是想知道自己究竟在什么情况下会放弃

2014 年 5 月　尼泊尔安纳布尔纳

自 序
PREFACE

我只不过想活得更强烈一些

我的 Gap Year（间隔年）旅行开始之后，每天都会发一篇讲述旅途所见所闻的文章，以"DayXX"的形式进行记录。

旅途结束那天，我写下"Day580, the end…thanks"，配图是银河拱门下自己的剪影，地点是黄山天海的鳌鱼峰。有些小伙伴在这条朋友圈下留言，说觉得莫名失落，追了很长时间的旅行故事，到了曲终人散的那一刻，就像电影结束之后，全场座椅空了，灯亮起时，有一种意犹未尽的恍惚……

2014 年，我 30 周岁。2 月份，我辞了工作，开始一段不知归期的旅行，一走就是 20 个月。在这近 600 天的日日夜夜里，旅行已经成为生活本身，没有刻意安排路线，因为我所理解的行走本来就是随性而至的事情。书名叫《一路向心》，说得通俗点就是我只有一个原则——看心情：有时候根据季节和节日，洒红节在印度，水灯节在泰国，佛诞节在尼泊尔，雪顿节在中国西藏，圣诞节在土耳其……冬天的时候去炎热的国家，比如缅甸、印度、埃及、马来西亚；夏天热的时候去凉快的地区，比如青藏高原和喜马拉雅山脉；秋天时候饱览美国国家公园的秋色。有时候头脑一热，川藏线骑行、阿里北线骑行、新藏线骑行、中尼公路骑行，近 6000 公里"不作死就不会死"的自行车之旅，仅仅是想释放一下血性。贡嘎穿越、雅拉穿越、年保玉则穿越、安纳布尔纳环线、珠峰大本营环线，也都是说走就走的徒步。还有一些来自于朋友的邀约，小伙伴 A 说我们去泰国学潜水吧，我说好啊；小伙伴 B 说我们去印尼看林贾尼火山吧，我说好啊；小伙伴 C 说我们去马尔代夫度假吧，我说好啊；小伙伴 D 说，我们去斯里兰卡坐小火车吧，我说好啊……就是这么任性！

20 个月，20 个国家，20 万元的开销，我被很多次问到："旅行的意义是什么？"是的，人们总是喜欢说意义，就连马克斯·韦伯也说："人类是悬挂在自己编织的意义之网上的动物。"人们其实只是关心旅行有什么用、它真的能改变什么吗？"但对我而言，旅行是没有意义的，它只是一件我喜欢做并且正在做的事情，像呼吸一样简单自然，我不想通过这件事改变什么，只知道很多走在路上的日子里，自己会活得很强烈：

伊真火山之行，黑夜里，我在距离火山口不到 5 米的地方观察天然硫黄燃烧发出的幽蓝色火焰时，忽然风向改变，瞬间被二氧化硫包裹，我感到窒息时慌不择路地逃命，直到 10 分钟之后才呼吸到新鲜空气，大口大口地喘着——那一刻我感觉自己还活着。

我在加利福尼亚佩里斯谷（Perris Valley）跳伞，8000 英尺的自由落体，所有直观感受，除了风的呼啸声，其他暂时都屏蔽了。如果不是出于大脑对重力方向习惯性的判断，上下左右前后，天空与地面，并没有多大差别——那一刻我感觉自己还活着。

怒江 72 拐，从业拉山垭口到怒江河谷垂直高度 2000 米的放坡，80 多个"发卡弯"，有两个弯道处立了警示牌"此处死亡 XX 人"，可速度与激情的诱惑，让我总会在理智可控范围内尽量不去捏刹车，如风一般穿行——那一刻我感觉自己还活着。

蒲甘平原，手指之处，皆为佛塔。我天亮之前就出发，爬上一座并不知名的佛塔等待日出，第一缕阳光洒向大地，古老的佛塔绽放着金红色的光芒，这个世界正在苏醒，远处的热气球开始飞扬——那一刻我感觉自己还活着。

在埃及锡瓦绿洲，我在撒哈拉大沙漠一处高耸的沙丘上发呆。日落之后，金星第一个闪耀在西边的天空，随后其他星辰一个接一个闪现在漆黑的天幕之上，无论是眼前的茫茫沙海，还是头顶的漫天星辰，都透着一股安静的力量——那一刻我感觉自己还活着。

阿里北线，1400 多公里的荒原，其中 1000 多公里的搓板路，我和好友一起完成自行车穿越之旅，脚踩油门那叫观光，脚踩踏板才是旅行。

当我们的车轮印掠过一个又一个藏北大盐湖，与那辽阔荒原里的藏野驴和藏羚羊一起奔跑——那一刻我感觉自己还活着。

关于这 580 天的旅行，有太多太多的回忆，像梦一样不真实。可是我知道——所有这些我觉得自己还活着的瞬间，即便几十年后，也会历历在目，清晰如昨天。这些日子在路上步履不停，从实际一点的角度来说，很多事情是无用的。知道仙女座星云 M31 在天球的什么方位，多少亿年之后会跟银河系碰撞；去亲眼看看蒙娜丽莎的微笑和矗立数千年的金字塔；听一曲震撼的 G 弦上的咏叹调，被费加罗的婚礼所感动；愿意攀登这世界上最高的山峰，穿越最原始的荒原；为一场瓦拉纳西恒河日出而雀跃，为猛犸象热泉的死亡枯竭而扼腕……这些难道可以仅仅用"有用"或者"没用"来考量吗？如果仅仅是出于经济上的考量，单细胞生物的效率碾压人类。活着还应该有着对美和情怀的诉求，所谓的"生活不只是眼前的苟且，还应该有诗和远方"。

很多时候我的选择未必来自理性，而是跟随心性的指引，一路上随心而动。当我抛开了所有本真自我之外的嘈杂与虚妄，那么仅仅为了取悦自己并不是一件困难的事情。岁月总是无可回头，既然如此，每一个瞬间都应当尽兴。当我回首这段旅途时，最愿意回忆也觉得最刻骨铭心的，都是那些骑行和徒步的故事。跟朋友们聊天时我常常提到，因为这是一件只要坚持了，就一定会有结果的事情，况且我执迷于用燃烧身体的方式，在这个美丽星球表面划过痕迹，越折腾越辛苦，就越是热血沸腾！当然会有许多人不解，为什么要选择骑行这种方式，搭车、自驾不是更迅捷更轻松吗？何必要如此折腾自己？

我回答："其实就是很想知道自己究竟在什么情况下会选择放弃。"

目 录
CONTENTS

中尼公路

2014 年 5 月　加德满都—拉萨　1000 公里

关于情怀

　　西藏一直是我心心念念的地方，而我第一次进藏，并非青藏、川藏、滇藏，也不是飞机、大巴、自驾，而是用骑自行车的方式，从加德满都沿着中尼公路到达拉萨。我想，沿着好友走过的路看看这个世界，也不错。

阿里南线

2014 年 8 月　拉孜—塔尔钦　900 公里

关于朝圣

　　我沿着阿里南线独自骑行 10 天，到阿里冈仁波齐脚下的塔尔钦，没有休息立刻开始徒步转山，沿途除了孤独、冰雹、狂暴的藏狗、发霉的床单，还有那三个从青海玉树一路磕了 10 个月长头去转山的藏民，我第一次感受到了信仰的力量。

川藏公路

2015 年 5 月　成都—拉萨　2160 公里

关于青春

　　骑行第一天就偶遇几个比我小 10 岁的伙伴，朝夕相处了 1 个月，他们为的是毕业旅行的愿望，而我则是为了曾经的梦想。2006 年，我本科毕业时就打算骑行川藏，然而因为当时选择了去云南白马雪山支教而放弃骑行计划。9 年过去了，最初的梦想终究不会被辜负。

阿里北线

2015 年 8 月　狮泉河—当雄　1450 公里

关于穿越

　　之前三次骑行都是独自出发，而阿里北线这片荒野之旅的重装骑行，为稳妥起见我还是找了曾经一起骑行台湾环岛的铁人，与老友一起同甘共苦、车轮不息，即便是 1000 多公里糟糕的"搓板路"让人崩溃，但回忆起来，荒野骑行也许是我最喜欢的旅行方式。

后记

中尼公路

2014 年 5 月

加德满都—拉萨

1000 公里

西藏一直是我心心念念的地方
而我第一次进藏
并非青藏、川藏、滇藏
也不是飞机、大巴、自驾
而是用骑自行车的方式
从加德满都沿着中尼公路到达拉萨
我想
沿着好友走过的路看看这个世界
也不错

追随好友的车轮印

　　如果不是因为铁人，我不会在 Gap Year（间隔年）旅行中从尼泊尔到西藏这一段，选择以骑行走过中尼公路的方式完成。而一年多之后，当我们准备开始骑行阿里北线时，乘坐的从拉萨前往狮泉河的大巴所经过的中尼公路日喀则到拉孜一段，窗外的每一处风景、每一处公路里程碑，都承载着我们对于这段公路的回忆，他是在 2011 年，而我是在 2014 年。

　　我们的大巴驶过日喀则之后经过一处长上坡，从拉孜方向进入日喀则市区前的这段路是铁人当年无比痛苦的回忆。他说："当时已经快夜里 12 点了，我没带手电和头灯，又累又饿又冷，只能靠微弱的手机电灯和偶尔来往的卡车灯光照亮路面，不知道前边还有多远，好崩溃！"从萨迦经吉定到日喀则全程 140 多公里，那天因为爆胎出发又很晚，他一天都没怎么吃东西，半夜 12 点多才摸黑赶到日喀则。当时骑摩托车的子玉出城去迎他，据子玉说那是她人生中唯一一次深夜独自走在荒郊野外。只见远远的山路上有一点微弱的手机光源在缓缓移动，靠近了才看清铁人疲惫不堪的模样。若不是一直惦记着子玉告诉他县城里有 24 小时通宵营业的串串香火锅，等着他来一起夜宵，估计铁人早就崩溃了。铁

当年骑行中尼公路的好友铁人（左）

人说："我以前对火锅串串香这些都不怎么感冒，不过从那天之后就迷上了吃串串香！"

"当时我就住在这个客栈，这也是整个县城唯一的住宿。"当大巴车路过吉定镇时，我指着窗外路边一家破破烂烂的两层楼的房子对铁人说："当时感冒发烧初愈，从萨迦路口出发时已经下午5点，距离日喀则还有110多公里，好在当天在天黑前赶到吉定镇住下，第二天再骑到日喀则，但是翻措拉山还是很累的！"从吉定镇往前继续骑行40多公里，便到了措拉山脚下，坐在车里走盘山公路完全没感觉，但是当时骑车确实相当艰难。在那之前还会经过318国道5000公里路碑，因为骑行过，痛苦过，所以印象深刻。隔了一年，发现5000公里路碑处已经赫然立起了一面纪念墙，成了一处景点。"是的。"铁人也深有同感，"我从萨迦出来也以为是一马平川到日喀则，就想着赶紧骑到具有纪念意义的 5000 公里路碑处拍照，结果发现竟然要翻一座山！当时有种被老天爷戏弄的感觉。"

一段公路，因为共同的骑闯高原的记忆变得鲜活起来，它不再是一段冷漠的公路，而是我们各自生命中拥有的一部分，也成为我们彼此世界里拥有共鸣的交集。

时间推移到 5 年前，当时我还是个骑行"小白"，唯一的单车经历就是大学毕业时跟室友于阳一起从北京骑到青岛。所以那会儿当我看到好友铁人和子玉一起骑了中尼公路作为他们 4 个半月旅行的收尾时，会觉得特别崇拜，特别羡慕——子玉是骑摩托车在前面飙，铁人是骑自行车在后面追，两人一前一后从樟木出发，驰骋千里到达拉萨。

他俩回到北京之后，在诗意栖居咖啡馆，铁人摊开一张地图，用手指比画着从樟木到拉萨的路线，眉飞色舞地给我和小伙伴们讲他骑行中尼公路的故事。虽然我对大多数地名都很

318 国道 5000 公里路碑

5000KM

没有码表，没有骑行服，我是一个"野生"骑行者

陌生，但铁人不经意间流露出的指点江山的激昂情绪，让我听得热血沸腾，于是我便在自己的"遗愿清单"上加上了"骑行中尼公路"这一条。有时候人很奇怪，原来并不熟悉的事情，一旦以某种方式呈现在眼前，便会让你立刻产生某种情怀，成为人生的一种使命，不做不罢休！于是，完成尼泊尔安纳布尔纳大环线徒步之后，我在加德满都买了一辆深蓝色的捷安特 Rincon Disc 山地车，从樟木中尼友谊桥出发，一人一车，没有其他装备，穿着在印度和尼泊尔买的花哨衣裤，踩着一双快烂了的布鞋，开始追随好友的车轮印踏上征程，萦绕多年的梦终于成为现实。

樟木是起点，也是很多故事开始的地方。然而万事开头难，铁人曾经说："第一天最痛苦，从樟木口岸到聂拉木县城，海拔上升 1400 多米，33 公里全程上坡，连平路都没有。第一天就骑了 7 个多小时，包里仅有的一罐红牛就是我唯一的精神寄托。总想着，再骑一点儿，再骑一点儿，骑不动了再喝红牛！"这段话我一直记在心里，从樟木出发的第一天，我就已经做好了打硬仗的准备。我将两罐红牛还有一些干粮挂在车把两侧，盘算着骑至 1/3 处时喝一罐，然后到剩下最后 1/3 时再喝一罐。如同铁人所言，这一天的骑行几乎毫无乐趣可言，只有枯燥和疲劳，除了 26 公里之后可以看到雪山是唯一的亮点以外，无尽的上坡意味着无尽的折磨。但想着伙伴也曾走过同样的路，遭受过同样的煎熬，我心里也就平衡了，只剩坚持，不经历磨难怎能感到生命的广阔！连续奋战6个小时终于到达聂拉木县城时，我的内心还有一些窃喜，因为骑得比铁人当时还要快。吃下午饭的时候我给远在北京的铁人发了一条短信："你说对了，第一天果真很难熬！"

三天后，我高举自行车站在318国道全程最高点——海拔5248米的嘉措拉山时，看着周围雪山茫茫，经幡如凯旋门一般矗立在垭口，那种满足感足以让所有路途辛酸不值一提。接下来27公里是海拔下降2000米的放坡，应该是我所有骑行经历中最陡、最刺激的一段路。对面过来的骑友在这样的山路上只能推行，而我见到他们之后便捏起刹车减速，想停下来跟他们聊聊天，从捏刹车到我完全停下来，足足滑过了80米！到达山脚下的拉孜县城后，我给铁人发微信："嘉措拉山下坡太爽了，我全程都得半捏着刹车。"铁人回："对啊，如果不捏刹车，是会飞的！不过那也是我最喜欢的一段下坡。"简单的一句描述，只有有过相同经历的人才会懂。

当时铁人过了拉孜之后，离开中尼公路去了一趟古城萨迦，我也为此特意在网上查了攻略，说萨迦寺非常值得一去，于是也选择一模一样的路线往返了一趟萨迦。日喀则之后，我也跟铁人一样，没有选择传统的318国道，而是绕了远路，先走S204省道到英雄城江孜，然后再走S307省道，翻卡若拉山，经过浪卡子，环羊卓雍错，继续翻甘巴拉山，到达曲水县，回到318国道并最终到达拉萨。

嘉措拉山垭口的怒吼

高原之上有两条路，我选择旅途辛苦但风光绝美的一条。这也是骑行的意义吧，不在乎最终到达，在乎的是沿途的风景。况且，追随好友的车轮印，我又怎会偷懒？

话说一年多之后，铁人看到我这一路中尼公路、阿里南线和川藏公路骑得很爽，便心里痒痒地说2015年他也要请个长假去骑车，我说："一起骑阿里吧。"铁人问："要多久？"我说："三星期应该够了。"铁人说："好的，我能请到假！"就这么简单，梦里想念的姑娘，第二天就应该去见她；心心念念的一段旅途，就应该立刻收拾行囊。我也特别感谢铁人愿意请这么久的假，跟我一起"燃烧"，奔袭阿里大北线。

顺风天堂，逆风地狱

几次骑行经历中，中尼公路的性价比最高，这里性价比指的是沿途的风光指数和骑行难度指数的比值，简单地来讲一下个人感觉吧：

中尼公路的风光 4 星，骑行难度 3 星，主要困难是逆风；

阿里南线的风光 3 星，骑行难度 3 星，主要困难是天气；

川藏公路的风光 4 星，骑行难度 4 星，主要困难是翻山；

阿里北线的风光 5 星，骑行难度 5 星，主要困难是路况。

中尼公路的路况非常好，一路上全是晴天，需要翻的高山只有四座：5050 米的聂汝雄拉山，5248 米的嘉措拉山，5050 米的卡若拉山和 4798 米的甘巴拉山。相比川藏线的崇山峻岭，其实也不算什么，然而中尼公路带给我无比痛苦的回忆是——逆风！逆风的方向，对于飞行

聂汝雄拉山口经幡飞扬

员来说是天堂，对于自行车骑士来说却是地狱。就我个人感受而言，我宁可像川藏线骑行一样天天翻山，也不愿经历中尼公路上的狂风肆虐。翻山不怕，有上坡就有下坡，爬坡固然辛苦，但是有盼头。因为到了垭口之后就开始放坡，对骑行者来说是最好的犒赏。然而逆风就不一样，本来就是燃烧着身体在前进，老天爷却用一只无形的手把你往回推，同等气力下骑行速度只有正常情况下的一半，那么辛苦地踩着脚蹬，依然还是 10 公里 / 小时的龟速，还有什么乐趣可言？一点儿盼头都没有，只剩下身心的双重折磨。

骑行中尼公路第一天和第二天的大多数时候，我处于龟速翻山状态，从中尼边境海拔 1800 米的友谊大桥到 318 国道最后一个垭口——海拔 5050 米的聂汝雄拉山口，3200 米垂直高度的爬升，速度本来就很慢，逆风的影响已经被爬坡的痛苦所忽略。只记得聂汝雄拉山口一大片挂在路边的风马旗被狂风吹得噼里啪啦作响，远处卓奥友群峰上的旗云飞舞。我把相机放在石头上想来一张自拍，刚把自行车扶起来就被风吹得连人带车朝另一边倒下，继而又被靠近地面的飞沙走石一顿拍打，相当狼狈。

第三天，我从门布乡前往定日县白坝乡，全程120多公里。前80公里几乎全是顺风，轻松地以28公里／小时的速度飞驰，欣赏着粗犷原始的高原风貌和远方连绵起伏的珠穆朗玛群峰、卓奥友群峰，心情极好，甚至得寸进尺地想：如果当时有一把足够结实的伞，撑开之后钩在车前叉，就可以起到帆的效果，根本不需要骑。对面有几个骑友过来，从他们

的嘴型来看，是咬紧牙关挣扎着在骑呢！其中有个云南姑娘一路从滇藏线到拉萨，然后往樟木骑。我与她一起停车，隔着马路聊着天，她说今天这个逆风简直要了她的命，本来打算跟同伴一前一后以纵队骑行，轮流破风，但是她同伴今天状态更差，远远落在了后边，后来干脆下来推车。

我是顺风，所以无法感同身受，然而老天爷倒也公平，从骑行第四天起，它老人家就开始用东南风虐我。翻嘉措拉山的时候，一旦路的方向转为东偏南，我就明显感觉到风阻，期待着前面公路能够尽快转向东偏北，侧风仅仅只是影响平衡。过了嘉措拉山口27公里的放坡到达拉孜，心想着距离

江孜县城

萨迦也就 50 公里，3 个小时怎么也骑到了吧！
然而，我低估了从萨迦方向吹来的风的力量。
1 个多小时骑到萨迦路口，开始拐入 X205 县
道时，喜马拉雅山脉褶带地区河谷的风呼啸而
来，我心里顿感不妙，我从未遇见过这么强劲
的风，别说骑，就连下车推都非常吃力。

一个半小时过去，我仅仅前进了 7 公里，
跟步行速度差不多。风沙肆虐，好几次我眼睛
无法睁开，不得不停下来背过身去避其锋芒。
此外车还被吹翻了两次，挂在车把上装着食物
的塑料袋生生被撕裂。天色渐渐变暗，山的阴
影笼罩着大地，气温骤降，凛冽的风让体感温
度迅速下降。疲惫、饥饿、寒冷一起袭来，当
时我的内心是崩溃的。我知道今天是到不了萨
迦了，开始离开道路推着车走向远处田野里的
牧民。然而祸不单行，在田埂上推车时，车后
架断了，车前胎爆了，我不得不找当地人家借
宿一晚。经此一役，之后每次遇到逆风，心里
就有一种无形的压力，那是一种强烈的不舒服
的情绪，我甚至会怀疑自己是不是脑子有问题，
来这里折腾、受罪。

萨迦之后，第六天从措拉山垭口到吉定镇近 50 公里的路全程顺风，即使当时感冒发烧之后身体尚未痊愈，我也轻松骑到 25 公里／小时以上的速度，2 小时到达。而第七天从吉定镇去日喀则，明明同一个方向，却又成了逆风，即使有好友们在前方等我的精神动力，这 55 公里也让我骑了近 4 个小时。第九天，日喀则到江孜的 90 公里，我也是默默接受着老天爷在空气动力学方面对我的考验，既然无力反抗，只好咬牙坚持。偶尔见到迎面而来顺风而行的陌生骑友，心里那叫一个不平衡，出来混都是要还的，我终于可以理解 6 天前遇到的那个云南女骑友当时的心情了！说实话，我宁愿翻一座垂直高差 1000 多米的山，也不愿面对逆风。毕竟翻山是有成就感的事情，虽然累但总觉得垭口就像是冠军领奖台一样无比神圣，而逆风骑行纯粹是蚍蜉撼大树一般跟老天爷过不去，最后空落沮丧。

　　一年多之后的阿里北线骑行，我和铁人特意选择了从狮泉河出发自西向东横穿藏北，考虑的就是风向，哪知道其实藏北常年刮的那叫"东南西北风"！你永远不知道老天爷的脾气，那次骑行的前 15 天大多在跟"搓板路"死磕，我们的速度本来也不快，并没有把注意力放在风向上。告别 1000 多公里的"搓板路"之后，从雄梅镇开始骑上了令人神清气爽的柏油路，哪知道，上天给你打开一扇窗，同时也会给你关上一扇门，从青龙乡到纳木错的93公里路全程逆风，整整9个小时耳边不断地呼啸着风声，这不仅仅是在打击体能，更是一种精神上的摧残与折磨。

我当时觉得这辈子都不想再骑车了！每一分每一秒、每一公里的前行，都是煎熬，风景再美，也阻止不了内心深处一边埋怨老天爷、一边想象着对着另一个自己"啪啪啪"地抽脸——你脑子坏掉了吗？来遭这个罪！唯一称得上幸运的是在阿里北线我并不是一个人在战斗，遇到逆风时，我和铁人会轮流骑在前面破风。这样，在逆风时有一半的时间铁人在前，我则紧贴着他骑行，风阻就会小很多，没那么痛苦。同理，骑行队伍人数越多，就越不惧怕逆风。可是到中尼公路这段路我就特别悲催，独自骑行，只能独自面对。

在藏区骑行了近6000公里之后，我得承认，最讨厌的事情，其实是逆风。仔细想想人也挺奇怪的，顺风的时候，春风得意马蹄疾，享受骑行的乐趣，觉得这都是天经地义；逆风的时候一脸垂头丧气，同时恨不得指天骂地，抱怨命运弄人。其实心态的调整非常重要，把逆境当成一种人生体验好了，不曾痛苦，何以铭记？

不作死，就不会死

　　Wayne 和拾玖姑娘对我的评价一直是："No zuo no die，说的就是你！"

　　骑行前一天，从加德满都到樟木，我的状态就不好，连续的旅途奔波，身体负荷很大。从中尼口岸的友谊桥到樟木县城七八公里的连续上坡，我饿着肚子，顶着烈日，整整骑了 1 小时，就有点体力透支的感觉，一直在出虚汗。晚上洗澡时有点着凉，我心里开始隐隐担心，高原感冒可没那么容易恢复。在樟木县城我把一部分骑行不需要的东西——三脚架、胶片相机、部分衣物、大吉岭红茶、旅游指南书等先寄回拉萨，这一路只带着单反相机、笔记本电脑和两套换洗衣物，轻

装上阵，然而我却忘了给自己留备一些药品。

正式出发第一天从樟木到聂拉木，33 公里连续上坡，幸福指数几乎要跌停。到达聂拉木之后，我上呼吸道有点不舒服，晚上就发觉不对劲，好像是感冒了。一边大杯大杯喝着热水，一边又要了一暖瓶开水，热水泡脚半小时，睡觉时捂着被子，整晚都在出汗。第二天感觉稍微好了一点，我便按原计划继续赶路。爬升到海拔5050米的聂汝雄拉山口，风景固然美，但瞬间七级的大风吹得我头疼欲裂，嗓子也开始疼，甚至丧失了抽烟的兴趣。在门布乡藏族家庭旅馆住下之后，我想找青稞酒来对付感冒，未果，只能多喝点儿拉萨啤酒。酒精一直是我抵御感冒风寒的首选，半个月前徒步安纳布尔纳雪山的时候，我就是喝伏特加和杜松子酒来让身体发热驱寒。啤酒终究还是没有烈酒管用，无奈我到达日喀则之前都没有找到青稞酒。第三天经过岗嘎，到达定日，一路雪山相随，风光绝美，而且还是顺风，觉得自己简直是意气风发的追风少年，顺便就忘记了身体轻微抱恙。

命里有时终须有！

第四天，悲剧就发生了。在上海—樟木 318 国道全程的最高点——嘉措拉山垭口时，我展示了自身性格特质里"不作会死"的一面，低于 0℃ 的气温，高于 5 级的风速，我愣是脱光了上衣拍照嘚瑟。跳着拍、翻跟斗拍、举着自行车拍、叼着烟拍……在垭口经幡处休息的几个公路道班藏民的表情里写满了"不明真相"四字。20 分钟之后我才穿上衣服，身体已经冻僵。本来计划 28 公里放坡到拉孜县城好好休整，但我一看时间还早，觉得干脆骑到萨迦吧，不就 47 公里吗！谁知遇上萨迦的强烈逆风，虐得我人仰车翻，不得不在当地人家借宿一晚。

因为 Wayne 和拾玖姑娘明天会从日喀则开车来萨迦看我，所以我还是希望晚上能住在萨迦县城。当时求助的当地人家里有两个年轻男孩，兄弟两人给摩托车加油，然后哥哥骑摩托车载我去萨迦县城（从萨迦路口到萨迦县城的这一段路不在中尼公路上，而是从三岔路口拐向南边 27 公里，所以我觉得可以接受不骑车）。当时，我穿得特别少，外套是透风的大吉岭毛衣，坐在摩托车后座，风呼呼地吹，我冻得全身不由自主地发抖。当天晚上我喝了一大碗牦牛肉炖萝卜汤，好好给自己补补，睡觉时候盖了两层被子，依旧觉得全身发冷，脑门滚烫，即便谈不上奄奄一息，但真是连写日记

骑摩托车帮我的兄弟俩

修照片的力气都没有了。我终于把自己给"作"得发烧了！

第五天接到伙伴消息，他们说推迟一天再过来看我，我说也好，生病是休整的最佳理由。接下来几乎一整天我都躺在床上，头很疼也很重，全身虚弱无力，吃牛肉干时嘴里都感觉不到咸味。下午四点我才饿得从被窝里钻出来，没有太多食欲，每一次呼吸都能感觉到人中部位的滚烫气息。逼着自己咽下一些食物后，决定还是出去走走。于是我背上相机拖着沉重的脚步往北走过仲曲河，到萨迦北寺北边的山坡上的几座白塔去，就当晒晒太阳也好。

这里是俯瞰萨迦古城最好的位置，路上经过的一些典型的藏族民居保留了最古老的样貌。据说萨迦北寺是需要门票的，但是我从山上白塔处溜达下去的时候，无意中从侧门进入了北寺。寺院很安静，几乎没有游客，经过辩经院门口，有几个年轻的喇嘛正好走出来，清澈而稚嫩的面庞，微微对着我笑，我算是鼓足了精气神才挤出一丝颓靡的微笑作为回应。院子里竹林葱葱，与整个萨迦城镇土黄的色调还是有反差的，我去僻静的大殿里拜了拜菩萨，只求感冒快一点好，不想耽误接下来的骑行之路。

回到城镇中心，我去萨迦南寺转了转。因为时间已晚，大殿已经关门，自然也不收门票，只是绕大殿的转经道走了一圈，坐在广场上发发呆。貌似晚上是有大课，寺院门口排了一队的喇嘛，从南寺出来，赶上夕阳西下，于是我拿着相机开始在萨迦南寺的北墙拍一些逆光的日落照片，耷拉着眼皮涣散地打量着来来往往的当地居民。萨迦确实是偏安一隅的小城，几乎没什么人，很安静，也很适合养病。

第六天，Wayne 从日喀则开车载着拾玖姑娘和其他小伙

伴奔赴萨迦来看望我，他们到的时候刚好能一起吃午餐，大家对萝卜牛肉汤都赞不绝口，不过看到我最后端起碗把所有热汤都喝干净时，他们也是挺震惊的，我解释道："待会儿还要骑车，先贮存一些能量。"他们更无语了："你以为你是骆驼啊，再说骆驼生病了也得休息啊。"下午我们几个买票进萨迦南寺里边逛了一下，傍晚5点在萨迦路口告别，小伙伴们一直说服我跟他们一起坐车去日喀则，理由是从萨迦到日喀则一路没什么风景，而且我生病还没好，就别逞强了。而我还是一意孤行："基本上退烧了，没问题的放心吧。"刚准备蹬上自行车，竟然发现前轮是瘪的，不知道什么时候爆胎了。拾玖就说："你看，老天都不让你继续骑。"我没搭理她，喊着 Wayne 帮我一起换胎，耽误了一刻钟的时间，终于可以再次出发。跟小伙伴挥挥手，让他们在日喀则等我去吃香喝辣。目送他们开车远去的背影，我灌下一瓶红牛，继续我行我素、不作会死。

　　远远看见措拉山垭口时，我明白大家为什么调侃我 "no zuo no die why you try" 了。我原以为从萨迦路口到日喀则一直都会是平路，最多有个小山，哪知道横在眼前的这座措拉山海拔有 4500 多米，相当于我要爬升海拔近 500 米。感冒导致鼻塞，我嘴巴鼻孔并用喘着粗气，拖着虚弱沉重的身躯一点一点上坡。当时有一辆拖拉机缓缓从身旁驶过，我心里的小天使和小魔鬼就打起架来，小魔鬼说："生病了就稍微偷点儿懒吧，去扒一扒拖拉机。"小天使说："要是扒着拖拉机上垭口，刚才何不干脆坐小伙伴的车直接去日喀则了？"最终我选择不投机取巧，纯靠身体的力量，燃烧完中午灌下的那一盆牛肉汤，用了近两小时，终于爬到垭口。Wayne 和拾玖姑娘后来半开玩笑地跟我说："当时我们在措拉山垭口还想等你来着，怕你骑不动，后来觉得你既然自己要作死，还是成全你好了。"我白了他们一眼："怪不得我一路爬坡一路打喷嚏。"

随后一路冲下山，到 318 国道 5000 公里路碑处时已经 7 点多了，还有 40 多公里路要鏖战。晚上快 9 点的时候，我终于到达吉定镇，当地就一家招待所，而且条件一般，不过将就着睡是没问题了。晚饭点了炒菜，我刻意让老板多放辣椒，辣得我浑身冒汗继续驱风寒。然后去超市采购干粮，店老板给我打了八折，因为他刚刚在路上看到我是骑车过来的，觉得小伙子挺不容易，便宜我几块钱算是支持一下，对此我也很感激。今晚喝酒抽烟的时候，嘴巴里终于有点味道了。烧已经退了，鼻涕也越来越少，感冒渐渐好转。这是我高原骑行最难受的一次生病，不过带病坚持才更有成就感嘛。

许多人问我何必要如此折腾自己？身体在地狱的时候，心其实在天堂。而我的答案是——其实就是很想知道自己究竟在什么情况下会选择放弃。

征服 318 之巅

　　李宗盛这首《山丘》，应该能列入我骑车音乐清单里播放次数最多的前五名，就因为那句歌词太应景——"不知疲倦地翻越，每一个山丘。"当然，318国道全程的近20个海拔超过4000米的垭口，远不是"山丘"二字能形容的。骑行最有成就感的事情，除了在地球表面划过一道在月球上都能看清长度的车轮印之外，就是去征服这世界屋脊之上一座又一座的崇山峻岭。

318 国道的最高点是海拔 5248 米的嘉措拉山口，是定日县和拉孜县的分界处。从拉萨方向出发，到了拉孜，翻越这个山口，才能够见到南方绵延数千公里的喜马拉雅群山在天地之间屹立。嘉措拉山口算是珠穆朗玛峰的门户，网上很多文章说在嘉措拉山口能看到珠穆朗玛峰、希夏邦马峰和卓奥友峰 3 座 8000 米以上的雪峰。事实上并不能，所能见到的只是西南方向一片山头覆盖着白雪的群山，过了垭口朝着定日方向继续前行 40 多公里，到了加措乡的珠峰观景台，天气好时才可以远眺珠峰。

横跨道路的牌坊被经幡重重包裹起来，像一座彩色的凯旋门

因为是反骑中尼公路，前一天平路100多公里经岗嘎到定日，饱览了喜马拉雅雪山仪仗队的英姿，今天便要与珠峰女神渐行渐远，迎接我的是318国道最高点——嘉措拉山。从海拔4340米的白坝乡出来之后，是连续49公里的上坡。早上我在白坝乡吃了一大碗牛肉面，然后开始漫漫长路上的克服重力做功。最初30公里只是缓坡，逐渐累积海拔，为最后冲刺垭口做准备。途中会经过加措乡的珠峰观景点，说实话从这个地方看珠峰还

是太远了，远远不如昨天岗嘎以西那段公路看连绵雪峰来得过瘾。正式开始翻山之前，我经过路边的采矿施工队，便停车去他们帐篷里休息了一下，要了碗开水泡面作为午饭。这里的藏族同胞都特别好心，看我吃完泡面和卤蛋意犹未尽的样子，又用热水帮我冲了一杯奶茶。一口气灌进肚子里，浑身热腾腾的，储备完能量之后我便鼓足了干劲向着垭口冲刺！

反骑中尼公路、翻嘉措拉山垭口其实不难，因为相对于从拉孜那一侧翻山来说，这边的山路坡度缓很多，等爬到了春季雪线以上的高度，距离垭口也就不远了。隐约看到垭口的那一刻，我既幸福又痛苦。幸福是因为不再觉得前路遥遥无期，痛苦是因为距离垭口真的还有好远。周围风光颜色清晰，上边是天空之蓝，中间是雪峰之白，下边是山野之黄，近处是路面之灰。到达山顶之前还有一段烂路，一架施工队的挖掘机干脆将整个铲臂横跨路基上方进行作业，偶尔有来往车辆时才停一下。我从下边骑过去时一直战战兢兢，司机若是没看到我操纵着吊臂挥舞一下，我就可能成为第一个在嘉措拉山被挖掘机送上天的人。

终于到达经幡飘扬的海拔5248米的垭口，横跨道路的牌坊被经幡重重包裹起来，像一座彩色的凯旋门，环视周围，这个世界仿佛都已经在我脚下。风很凛冽，气温也在零度以下，我也不顾那么多，脱了上衣光着膀子开始举起自行车拍照留念。这可是318国道5000多公里全程的至高点啊！垭口的一些藏民蹲在经幡角落休息抽

烟，也拉我过去一起聊天，窝在经幡堆里晒太阳暖暖身子真是好惬意！对话基本是问答形式："小伙子哪里人啊？""噢，北京的啊，北京距离这里可远咧！""今天从哪里来的啊，一会儿要去哪？""你这身衣服好看呀，哪里买的，我用我皮衣跟你换，换不换？"他们也夸我身体不错，拍着我肩膀说："好多其他游客坐车上来都有高原反应，你骑上来，这么高海拔能跑能跳的，还能抽烟，也不喘。"

还有一个藏族面包车司机很热心，走过来跟我说："你一个人骑车太辛苦了，你坐我车，我捎你去定日，50公里路很快就到了。"见我没搭茬，他挥挥手补了一句："不要钱，不要钱。"我对藏族师傅一阵感激，说："不用了，谢谢您，我今天就是从定日骑过来的，准备要往拉孜去。"内心戏是：要不要这么乌龙？上了师傅您的车，那我此前那5小时辛辛苦苦爬的山路算是白费了，真是一夜回到解放前了。

休息了半小时之后，穿上毛线外套，检查完刹车，开始放坡。以前铁人就跟我说过，整个中尼公路最爱的就是嘉措拉山的这段放坡，整整

在垭口与当地人聊天，窝在经幡堆里晒太阳暖身子

28公里，海拔下降1100多米，铁人的原话是"全程都要捏好刹车，不然会飞的"。因为坡真的很陡，我绷紧了神经不敢怠慢，一直半捏着刹车，只有在长直道的时候才会松开刹车体会一下速度与激情，只有这种高速疾驶的快感才能抚慰此前所有翻山越岭的艰苦。同时我心里还念叨着对面过来的骑友翻这座山真的会挺可怜的。没想到还真碰到了，远远见到一个正在推车的骑友，我就开始刹车减速，整整刹了80米才停下来，跟这个网名叫"独行的犬"的哥们儿点根烟聊了一会儿，顺便等等他在后边的队友。哥们儿说："我是从广东直接飞拉萨准备骑车去尼泊尔、印度，在拉萨客栈里遇到一福建小伙子，纯徒步走了滇藏线，然后发誓再也不徒步了。于是，临时买了一辆二手自行车跟我骑中尼公路，打算直接骑去珠峰大本营。我这同伴小伙很神奇，一会儿你就知道了。"

过了20分钟他的伙伴才气喘吁吁地推车上来，当时我就震惊了！这小伙子自行车前货架居然用袋子兜了一个煤气灶！家用煤气灶！驮包里还装了一个液化气罐！20斤的液化气罐！其中一个驮包里还塞满了油盐酱醋，一个塑料袋里装了一口炒锅，我都能想象到他腰带上别了一根锅铲没事还能用来打打狗，感觉他已经把整个厨房都塞进了自行车里！我开玩笑说："你还缺一个冰箱！"小伙子愣了一下，然后很认真地回答："这边高原又冷又干的，用不着冰箱。"他整辆车负重超过50公斤，上坡基本靠推，更要命的是每次过公路检查站时，因为液化气罐过不了安检，他都只能推着

带着"厨房"骑行的小伙子

自行车偷偷从荒野里绕过去，有时甚至不得不等天黑之后再从田间地头潜行过去，也真够拼的！我问他："你带个炉头气罐就行了，干嘛要带煤气灶和煤气罐？"小伙子给我一个谜之微笑："因为我喜欢用煤气灶做饭吃。"

他们问我到垭口还有多远，我虽然于心不忍，但还是得告诉他们实话："还有19公里吧，你们这个速度可能今天到不了垭口。不过往上走不远处有一个废弃道班，你们可以在那里过夜。"两人总算吃了一颗定心丸，然后自嘲着说主要是今天出发太晚了，我瞪大眼睛问："难道你们今天是从拉孜出发的？"他们回答："是的，这不，才骑了15公里，没想到嘉措拉山会这么难爬，上坡这9公里推了两个多小时，累哭了。"我耸耸肩表示无能为力："你们早点出发就好了。"小伙子解释："中午做饭耽误了一些时间，之后绕拉孜检查站又从青稞地里兜了一大圈。"我简直要献出自己的膝盖了："带着厨房骑自行车真是一种四海为家的情怀！"

与他们道一句"后会有期"，继续下坡一路飙到318国道和219国道的岔路口。左拐骑行1000多公里到狮泉河，这也是我三个月后阿里南线的骑行方向；右拐还有400多公里到拉萨（实际上是500多公里，因为到日喀则之后不走318国道，而走江孜、浪卡子那边，多绕了100多公里）。心里一阵激动，心之所向的圣城就在前方，车轮不息，千里迢迢又如何？

最美的风景在路上

仅仅就骑车旅行这件事本身来说，中尼公路的性价比是最高的。

阿里北线风光以盐湖为主，少有雪山；阿里南线的景色一直到了神山冈仁波齐和圣湖玛旁雍错才达高潮；川藏公路的沿途美景在2160公里的旅程中过于分散，四川境内海子山姐妹湖非常美，西藏境内的然乌湖，以及波密一段的雪山，算是亮点，而在高尔寺山垭口看贡嘎雪山，以及色季拉山垭口看南迦巴瓦雪山，都需要运气。相比之下，中尼公路几乎每天都有天地大美而不言的藏地风光。

聂汝雄拉山口是318国道最后一个垭口，海拔5050米。这个垭口无疑是318国道最棒的喜马拉雅雪山观景台。当时在山脚下远眺山腰都觉得遥不可及，更别说垭口了，盘山公路上行进的大货车如蚂蚁一般渺小，随着海拔渐渐升高，视野也变得辽阔起来。东边连绵的海拔8000多米的雪山开始从视界中升起，到达垭口时回望，来时的路已收缩成大地的线条，平视过去，山脉起伏就有3000多米的垂直落差。这里没有人，只有星球表面的轮廓，没有世间的嘈杂喧闹，只有咆哮着撩起雪山之巅茫茫旗云的风，以及垭口经幡噼里啪

沿途美丽的风景是我骑行的动力

啦的声响。有些地方，用身体的力量而非发动机的力量到达时，同样的风景点燃的却是截然不同的情绪，车轮不息带来强烈的内心搏动，在我全身的血管里澎湃。

其实，一开始我并不知道这段旅途会遇到怎样的风景。翻过聂汝雄拉山口之后第三天，当南边的珠穆朗玛、卓奥友和希夏邦马群峰一字排开毫无遮掩地出现在远方旷野中时，我心中的惊喜不亚于"碍着朋友面子去见相亲对象，结果发

现对方长得像斯嘉丽·约翰逊"！所有的风景里，我最着迷的就是雪山。我的心情在云端飘扬，车轮也跟着轻盈起来，一路上听着耳机里的音乐哼着"我想要怒放的生命"。除去珠峰大本营，中尼公路上岗嘎县以西几十公里全程都是远眺喜马拉雅群山的观景走廊。巧合的是，那一天是5月20号，微信里朋友们全在秀恩爱晒幸福，而我在318国道5200公里碑处晒着珠穆朗玛峰的英姿！漂泊的人，始终爱着远方。

事实上 7 个月之后，我就已经在另一侧的尼泊尔珠峰大本营环线徒步中，更加近距离地去拥抱珠峰昆布冰川和卓奥友峰冰塔林，就因为此时此刻我多看了一眼那片雪山。

反骑中尼公路，前半程的风景以雪山为主，中段的风景以人文历史为主，后半程的风景便是高原湖泊。告别雪山之后，萨迦古城的萨迦寺、日喀则的扎什伦布寺、英雄城江孜的宗山城堡和白居寺，都不容错过。我总是喜欢爬到高处去俯瞰，在萨迦北寺的山坡上俯瞰整个萨迦县城，在扎什伦布寺后山山顶的经幡处俯瞰西藏第二大城市日喀则，在宗山城堡顶端俯瞰白居寺和江孜县城，都是绝佳的视角。从江孜出来后，偏爱自然风光的我满怀期待地向卡若拉冰川和羊卓雍错飙骑而去，却不曾料到满拉水库给了我一个大大的惊喜！

第十天傍晚我从江孜出发赶往龙马乡，为翻海拔 5050 米的卡若拉山做准备。爬上斯米拉山垭口时，下坡转角处，迎面而来的湖光山色瞬间击中了我的视觉神经。虽然天空还是阴云盘亘，但身后的夕阳光线还是从云层空隙里斜刺进来，碧绿如翡翠的湖水在阳光斑驳下显得特别夺目，黑褐色的山峦环抱

5200KM

5 月 20 号，微信里朋友们全在秀恩爱晒幸福，而我在 318 国道 5200 公里路碑处晒着珠穆朗玛峰的英姿

羊卓雍错

在侧，红白相间的路墩一直延伸到公路尽头，这是我心中完美的公路旅行画面，如果远方再有一座白雪皑皑的山峰那就更完美了。此次中尼公路骑行以来第一次看到漂亮的高原湖泊，我果断停车休息，开了一罐啤酒，独自慢慢享受这远方如画的风景。

第十一天，因为天气缘故，我并没有看到卡若拉冰川最美的一面，不过最后一天从浪卡子出发一直到甘巴拉山垭口的55公里路，是沿着羊卓雍错的转湖之旅，看够了这一程所有的蓝色。除了最后六七公里的上坡之外，一直都是轻微的起伏路，骑着比较舒服。太阳在云朵之间忽隐忽现，阳光直射下湖水是宝蓝色，被云朵遮挡时湖水呈蓝绿色，从与湖平行的高度看，就是天空之镜。羊群在草地上懒洋洋地吃草，这一段路骑得我心旷神怡！接近中午时，天空的积雨云渐渐散去，蓝天彩云下这片碧波荡漾的高原堰塞湖，是喜马拉雅雪山之后又一幅美得让人忘了呼吸的画卷。

起伏路结束之后，在翻越甘巴拉山之前，我来到羊湖的一处观景台，拾玖姑娘已经搭上车并在这里等我拍照。走到湖边，因为视角关系，看到的湖水并不是很蓝，水面涟漪反射着天空的光，有点晃眼，我觉得还是得到高处俯瞰湖面会更美。距离垭口还有最后一道弯时，拾玖姑娘已经沿着公路走下来了，不需要到达最高点游客拥挤的观景台，这里俯瞰羊湖也很美。我从骑行者到摄影师的身份转换只需要一个放倒自行车的时间！距离我们200米的地方还有更专业的一个摄影工作室在帮一对情侣拍婚纱照，衣着单薄的女主角被风吹得长发凌乱，裙角飞扬。平心而论，在西藏的众多湖泊中，羊湖还真的是很适合拍婚纱，到达这儿也特别方便，离拉萨也就100公里。

转过最后一道弯，爬完最后一个上坡，终于到达海拔4798米的甘巴拉山垭口，至此到拉萨便再无上坡！在垭口也遇到一些骑友，都是从拉萨那边过来的，据说为了翻甘巴拉山豁出去半条命，见我的奇装异服纷纷好奇，问我从哪里过来，我说自己从印度、尼泊尔那边逛完，然后沿着中尼公路往拉萨赶。骑友们纷纷脑洞大开——"施主您从天竺过来的啊！悟空呢？""此去长安路途遥远，一路都是妖精，施主您要保护好自己的节操啊！"现在的年轻人真是淘气，我一边笑一边让他们帮忙拍照，举起自行车站在垭口悬崖边缘。羊湖的蓝色尽收眼底，唯一的遗憾是西南方向的乌云遮挡住了宁金抗沙雪峰。到达垭口的心情特别亢奋，接下来1100米的放坡，我有点飘飘然，这段下坡路急弯很多，关键是地面有坑。有一处坑洼处我没看到，等反应过来刹车已晚，连人带车整个颠飞起来，挂食物的塑料袋也飞了出去。幸好连人带车又平安落地，竟然没有摔车！虚惊一场，冷汗一身，之后我再不敢大意，今晚就要到达拉萨结束这次中尼公路骑行，可不想乐极生悲啊！

过了曲水大桥，拉萨河被沙洲分割成细密的汊流，湿地上盛开着紫色的砂生槐。夜幕将至，拉萨西郊金珠西路的街灯照亮最后10公里路，天黑之后到达川藏青藏公路纪念碑，从罗布林卡路拐向北京中路，夜色下雄伟的布达拉宫为此行一路风光画上圆满的句号。

出发，为的不是到达，而是为了沿途的风景。老友们在酒吧等着我去喝一杯，几杯酒下肚竟然有一些意犹未尽的惆怅：我永远不会抵达自由，只有在追寻的路上我才是自由的。

然而我知道，这仅仅是个开始。

羊卓雍错旁边

阿里南线

成都

2014 年 8 月

拉孜—塔尔钦

900 公里

我沿着阿里南线独自骑行 10 天
到阿里冈仁波齐脚下的塔尔钦
没有休息立刻开始徒步转山
沿途除了孤独、冰雹
狂暴的藏狗、发霉的床单
还有那三个从青海玉树
一路磕了 10 个月长头去转山的藏民
我第一次感受到了信仰的力量

风一样的轮滑小帅哥

青藏高原上的公路就是一个辽阔的舞台，来来往往什么样的人都有，各种各样的交通工具伴随着不同风格的旅行方式。然而轮滑的人，我只见过一个，江湖 ID：青青不在（简称"青青"）——一个在户外旅行圈里算是生得俊俏的退伍军人。

我与青青的相识纯属意外，当时骑行阿里南线，是从拉孜而非拉萨出发，因为新藏线的终点是拉孜，于是我需要坐两趟大巴，头一天到日喀则住一晚，第二天上午前往拉孜。在日喀则那一晚，我依旧住在中尼公路骑行时住过的喜孜国际青年旅舍，那时正值暑假，是西藏的旅游旺季，来来往往的背包客不少。我认识了一个小伙子叫和甫，刚刚跟车去珠峰大本营转了一趟回来，听说我要骑行阿里南线，便立刻给我介绍了一个据说很帅气的小伙子。我就这么认识了青青，未见其人，已闻其名。和甫说青青应该是明天一早从拉孜出发反滑新藏线，这样的话我明天中午坐大巴到达拉孜后开始骑车，应该当天就可以追上他（骑车速度一般比轮滑要快60%）。

第二天到达拉孜后，吃完中饭开始第一天骑行，准备干

油菜花和青稞田一片生机盎然

初遇青青

粮的时候，我特意买了两罐啤酒。在路上的人，聚散都是缘分，若恰巧志同道合，何不喝个痛快？从拉孜县城一路往西，阿里南线的公路真的超棒，宽敞的柏油马路，鲜艳的油菜花田，来往的车辆也很少，偶尔还能遇见几个从对面过来的新藏线骑友。有时我们彼此也会减速或者停车，打个招呼聊几句，他们通常会问："前面离拉孜县城还有多远？"而我问的是："那个轮滑的小伙子在前面多远？"

经过一片幽绿色的高原湖泊，上昂拉山盘山公路之前，我终于见到了青青同学潇洒的轮滑背影，第一印象是——他背上那个80升的背包一定很重！二话不说，我猛蹬几下，迅速追上去，擦身而过时打个招呼，然后在他前方 20 米处靠边下车，顺手拿出那两罐晃了一路的啤酒。哥们儿心领神会，马上减速接过我递过的啤酒，两个人坐在马路牙子上开始聊天。事后青青同学回忆说：他当时的心情是震惊的，一路上也遇到过很多打招呼的骑友，但没想到我突然就停下来，还直接掏出两罐啤酒打开了，还以为我是他曾经见过的驴友呢！

来往的大卡车轰鸣而过，司机们用诡异的眼神打量着我们两个路边蹲着，并且准备醉酒行驶的人。我们就这样把 219 国道当成了露天酒吧，我说自己是昨晚在日喀则认识了和甫，听说了他的事，才特意过来认识一下，接着我开始听他讲起上一次用轮滑的方式行走青藏高原的故事：

"2011 年青藏铁路通车了。由于正赶上毕业，总得有点什么毕业旅行吧，要是没出去晃荡过就把自己后半辈子卖给国家那也太亏了。而西藏正是我当时的一个梦，并不是因为它有多美多神秘，而是因为那是我难以到达的地方。原本打算赶在通车的第一时间坐火车去的，也一直是这么准备的，直到有一次偶尔在论坛上翻出了 2009 年机哥等几人轮滑走青藏线的视频。看了视频，我整个人热血沸腾得要蒸发掉，就想，既然两年前他们可以走，那现在条件肯定比以前好，我应该也没问题。当下决定改变计划，轮滑去！"青青讲述起曾经在路上的故事时，眼睛里闪着光，能认识这样的神奇小伙伴，我觉得特别幸运。

距离昂仁县还要翻一座山，我们不敢耽误太久，我骑车先行，约好了到时候在昂仁县一起吃晚饭，然后开始慢慢翻山路。这是阿里南线的第一座山——昂拉山。就在我埋着头吃力地以 9 公里 / 小时的速度缓缓爬坡时，听到后面一声口哨，以及一句"我先走了"。我扭过头，发现青青扒着一辆拖拉机的车斗迅速超过我，一溜烟向垭口滑去。正如他之前跟我说的：轮滑最怕路烂，稍微有些坑坑洼洼就没法滑，轮滑不怕上坡怕下坡，因为上坡太陡了大不了徒步，有拖拉机大卡车的话，还可以轻松地搭把手，让车给拽上去；下坡则比较不爽，一般的坡对于轮滑来说太陡，得用到 T 刹技巧，反而更要集中精神，也更消耗体力。

我千辛万苦骑到垭口，早已不见他的踪影，于是利用自行车在下坡时候的速度优势，再一次奋起直追，终于在昂仁县城出口收费处赶上他。接下来离昂仁县还有四五公里，我继续先行，找好住宿安顿好自行车之后，前往昂仁金错湖边等待日落，这时他才慢慢滑过来。可惜我的自行车没有后架，所有行李都是背在身上或者挂在车把上，否则倒是可以帮他驮个行李。那天的夕阳和晚霞不错，原以为会独自骑行，没想到第一天就遇到个有趣的伙伴。

晚上一起吃饭、喝拉萨啤酒，青青说起他的旅行心情：

"很多人说，长期独行最大的困难是孤独，我倒不这么认为。正是为了与世界交流才选择独行，一路上脑洞全开，看见天上的云会觉得像动物们赛跑，看见路边的驴会觉得它们才是这块地的主人，用驴叫和它们打招呼。有时候看见路边的花也会觉得她是专程等在这里看我的（就是这么自恋），就会有一番莫名的感动，停下来陪她聊聊天、摸摸头、说再见。一路都是欢乐，何谈孤独？"

我好奇地问："所以对你而言最大的困难是什么呢？"青青同学露出狡黠的笑容："对我来说最大的困难是没人帮我拍好看的照片……开个玩笑哈哈，其实比较难的是一路资料的收集。因为我是为了做新藏线的轮滑攻略而来的，所以不仅要全程走完，还得收集必要的资料，不然以后看着攻略走这条线的人就得骂我了。搜集资料并不容易，轮滑攻略和骑行攻略不同，对路面和天气状况更加敏感，在什么位置碰到什么路况，在什么时候遭遇什么天气，都得随时记录下来，我随身带个小本子唯恐不够详尽，这耗费了我大量的精力。"我问他为什么要这么用心做攻略，他说："2013年退伍时听说新藏公路修通了，那个激动啊，整年都在为刷新藏线这件事做准备，想成为第一个以轮滑方式走完这条线的人。不过后来才发现今年5月就已经有人轮滑走完新藏线了，于是我就从'史上第一'降到了'第二'，伤心。不过他没做攻略，想到这点还是觉得自己做了件有意义的事。"聊得越多，就越发现青青真是一个认真而执着的人。

第二天我的计划是到桑桑镇，他则会少翻一座山，在桑桑镇之前的村子扎营，我们同行了昂仁金错湖畔的一段辅路。上了219国道之后，我开始加速赶路，谁知道一个多小时之后，他又一次从我身边呼啸而过，这次他是搭了一辆摩托车，飞一般的感觉看着就爽啊，就像冲浪者拽着摩托艇的绳子乘风破浪。当天最后一次超过他的时候，我还给他录了一段视频，青青说今天应该赶不到桑桑镇了，以后有缘再见。巧的是十多天之后，我骑到终点塔尔钦，转完冈仁波齐神山，搭乘了一家子青海藏民的面包车返回拉萨，在公珠错附近又一次见到了他。

傍晚时分，忽然发现对面来路方向有一个身影在路面上漂移，居然是青青！于是跟司机说对面过来的轮滑男生是我朋友，去打个招呼。司机路边停车，还很好心地递给青青两罐红牛，我走上去跟他打招呼。与刚出发前两天不同，此时的青青已经完全是荒野生存范儿——头发凌乱，脸上又黑又脏，神色也略显颓然。两周的旅途沧桑已经让他面目全非，而接下来，还有1000多公里的路，更艰苦的还在后头。青青问我："前面有村子或者牧民房子吗？"我回答："没有，不过公珠错湖边有废弃的屋舍，你可以在那里扎营。""噢，好的。"离别前，我们拥抱、互道珍重，约好了山高水长有缘再见。

那是我最后一次见他，Gap Year（间隔年）走了580多天后，我回到北京，他也早已完成了他的旅程。有一天我发现诗意栖居咖啡馆里躺着一张明信片，是青青寄给我的，非常特别的一张定制明信片，画面上正是他拍的我，当时在昂仁县的昂仁金错边，我们一起等待日落。

后来，他回到家乡开始做婚纱摄影的工作，为下一次旅行攒路费，我则是回到原来的公司继续做"程序猿"，过朝十晚七的生活。江湖上寥寥数面之缘，却铺开了很久的情谊与信任，因为对彼此的户外经历和体力都很信任，于是还约了接下来有机会一起结伴徒步旅行。

青青寄给我的明信片

这一生只为磕长头

人们相信，在藏历马年，转山一圈积攒的功德相当于平常转十三圈，所以 2014 年前往冈仁波齐转山诵经的人特别多。朝圣的人群中，最虔诚的当属磕长头的人。很久以前就听过这样一句话：

"那些磕长头的人，他们的脸和手都很脏，但他们的心灵却很干净。"

一开始，我对这些磕长头的人是好奇又充满敬畏之心的。

骑中尼公路的时候，有一次我住在吉定镇唯一一家旅馆。大通铺的房间里，摆了十张脏兮兮的床。一开始我以为可以独享这片灯光黯淡的空间，独自喝着啤酒、看着电影。不一会儿门被推开，住进来一大家子，父亲、兄弟两人、妯娌两人、还有一个小男孩，女人们早早洗漱睡去，男人们从蛇皮袋中扯出一条风干羊腿和一排羊肋排骨，抄起挂在腰间的刀，开始切肉，就着糌粑和酥油茶吃。我好奇地看了一眼，眼

大昭寺广场磕长头的人

磕长头去转山的人

神交错的一刹那，他们就递过一块风干羊腿肉让我尝尝，特别热情。寒暄两句得知，他们是从四川甘孜州过来的藏民，交通工具就是一辆拖拉机。一路风餐露宿、日晒雨淋，今天能住在屋檐之下已经算是比较奢侈了。还有三四天就会到达神山冈仁波齐，为了这次马年转山，他们计划筹备了很久。

两个多月之后我也开始了单车朝圣之旅，终点就在神山冈仁波齐。阿里南线骑行第六天，天气晴朗，放眼朝南望去，远处是喜马拉雅雪山连绵，近处是牧场湿地，水草丰美郁郁青青，还有小溪盘错其间，草场上散落着一些风马旗和羊群。经历了前些日子的冰雨，今天我可谓心情大好，遇到两队反方向骑行新藏线的骑友，都会挥手致意，大声喊着："加油！"正在惆怅逆行新藏线的只我一人，特别孤单时，我见到前方不远处三个徒步者的身影，靠近了才发现，是磕长头的藏民。他们满脸灰尘、额头漆黑，穿藏袍系围裙戴护膝，手执木板，口中念咒，三步一磕直至五体投地方起身，如此反复，用身躯丈量着大地！他们的目的地不用问也知道——神山冈仁波齐。

我从他们身边骑过时，用带着敬意的神情微微颔首，算是打招呼，然后在前面不远处停下。当时并没有想着拍照，甚至都没有去翻绑在车把前边的相机包。因为心存敬畏，会觉得用相机镜头直接冲着磕长头者是某种禁忌。记得第一次到达拉萨，在大昭寺广场见到磕长头转寺的人，我按捺不住作为一名摄影师的记录心情，想要拍一张藏族信徒磕长头的照片，但又觉得近距离直接拍是特别过分的侵犯，于是选择在他们可能会经过的路上事先将相机摆在地上，判断距离对好焦，用最长焦段，等上10分钟，在他们距离摆在地上相机约10余米的地方倒计时快门，也算给自己心理安慰——是他们闯进我的镜头的。

正当我等着三位磕长头的人走近，想与他们聊聊天顺便休息一下吃点儿干粮时，一辆大巴从我旁边开过，逐渐减速并停在前方30米左右的地方。车门打开，一大拨中老年游客从车上下来，从外貌上看应该是华人，开始我以为他们来自宝岛台湾，后来聊天得知他们其实是新加坡人。一群人呈包围之势，径直走向磕长头的几个藏民。我也不凑热闹，先扶着自行车站在一旁观察（自行车没安装脚撑）。中老年游客们的举止还挺礼貌，温文尔雅，拍照之前也会示意对方征求意见，关键是，出手很大方！少的给一两百，多的给了一沓红色的人民币，最起码有1000块钱。而那些磕长头的藏民不卑不亢，大大方方收下钱，面色平静，话语不多，仅仅用简单的微笑作为回应，可能他们早已习惯了好心游客的资助。

我一下就不淡定了，好眼红，一瞬间好几千块钱啊！我觉得当时自己也很悲惨啊，风吹雨打并且孤独相随，终于有个慈祥的老爷爷无意中瞟了一眼发现了我的存在，于是乐呵呵向我走来，手里攥着一个装了钞票的信封，我的心里顿时开始激动了！他用偏闽南语的普通话问我是不是跟他们一起的，我心想"我现在外表也基本与藏族同胞无异了"，可最后良心逼着我诚实了一次："我不是，我自己骑车来的。"他一边乐呵呵地说着让我加油，一边若无其事地把信封放回口袋里了。我的内心饱含着热泪，与他寒暄了几句，最后也没见他再掏钱包。

我心想，来自新加坡的先生们，你们素质确实不错，可是不要搞区别对待好吗？我看起来像不需要钱的样子？玩笑话玩笑话。那边导游开始喊话，新加坡游客们走进车里，大巴车绝尘而去，公路上恢复宁静，我这才推车上前与磕长头者打招呼。走近时，可以清楚地看见他们额心那一块黑色的结痂肿块，触目惊心。聊了一会儿，得知他们是青海的藏民，从玉树出发，一步一磕到这里已经10个多月了，估计还得1个月才能到冈仁波齐。他们用一年的时间和几乎所有积蓄来进行这样一场在常人看来无比坎坷的苦修，意义在哪里？或许人生不应该用意义来衡量，或许朝圣是生而为人的另一种状态。

言语间他们面色笃定而放松，就像是生活本该如此，我不可能感同身受，也无从评价，这也许就是信仰的力量吧：在我们看来是炼狱之行，他们却安之若素，甚至乐在其中。生活即便谈不上修行，我想它本来就应该是一段旅程，不在乎目的地，在乎的是这一步一磕、虔诚坚定的经历。三个藏民还很亲切地拉着我一起拍照，让他们的随行司机端着我的相机拍合影。离别之前，他们还从车里拿出一些干粮和水给我，竟然还有巧克力！我不客气地收下了。他们说这也是别的游客给的，看我一个人骑车挺辛苦，算是对我的某种爱心施舍吧。他们让我觉得非常真实，无论施舍或被施舍，都没有扭扭捏捏的姿态，毕竟这一趟磕长头之旅几乎搭上了一家子的所有积蓄，所以他们也会坦然接受好心人的物质帮助。

临别，我们握手，彼此祝好运，相忘于江湖。他们的眼神我至今都无法忘记，怎么说呢，在城市里，你看到的眼神大多是涣散的、掩饰的，或者欲望满满的。而这些磕长头的人，眼神清澈且坚定，透着虔诚的光，让你相信——有些事情你无法理解，但一定要敬畏；有些地方你待得不长，却会用尽余生去怀念；有些人你只见了一面，却无论如何也不会淡忘。

热爱星辰，也迷恋红尘

独自骑车旅行，我早已习惯了不期而遇、不告而别，在路上的人，彼此之间都是远道而来的陌生伙伴，无须多言，有酒则欢。

川藏公路骑行是跟偶遇而结伴的一帮年轻人一起，阿里北线骑行是跟好友铁人一起，中尼公路骑行则是与搭车的拾玖姑娘一路邂逅。最孤独的旅程，就是阿里南线骑行，一路上全是沿着新藏线从对面方向过来的骑友，挥挥手打个招呼，也就擦肩而过了。大多数时候，都是孤身一人，连续好几天，每天我只会说几句话：

"老板，住宿多少钱一晚？"（藏民旅馆）

"老板，烟多少钱？"（小卖铺）

"老板，来份青椒肉丝盖饭！"（饭店）

我觉得自己都要丧失语言交流能力了，好想找人说说话啊！

本来这段骑行是要跟 3 年前一起徒步旅行北疆的好友东东一起的，我们 7 月一起重装穿越年保玉则雪山，约好了等一路经过川藏北线到达拉萨之后，他去买一辆二手自行车，然后跟我一起骑车去冈仁波齐转山。然而等我到了拉萨整装待发时，他却已经和另一个驴友阿宽在日光城"醉生梦死"了。其实，主要原因是他假期快要结束，而且骑行经验不足怕拖累我，所以我只好带着被放鸽子的委屈一个人踏上征途。

自第一天骑行告别风一样的轮滑小帅哥之后，我好多天都扮演着孤独患者的角色。终于在骑到马攸木检查站时，遇到了四个骑行新藏线的伙伴和三个徒步搭车走阿里的驴友，我们一同入住马攸木检查站的简易铁皮屋。那一晚对我来说注定是个不眠之夜，憋了这么多天，总算可以拉上一帮缘聚于此的陌生人好好把酒言欢一番！

到达马攸木之前天气突变，泡沫塑料粒大小的冰雹铺天盖地砸下来，我懒得再去穿戴手套，裸露的皮肤被砸得还挺疼，又无处可躲，只能扛着冰雹轰炸骑完最后4公里。到达检查站旁边的一家小卖铺时，外套尽湿，于是我赶紧开始烤火。店家说这里也提供晚饭和住宿，将近傍晚，我便决定在这里安顿。当时已经有一个哥们儿在那里，他是骑新藏线上来的，队伍只剩他一个人，因为有急事

一同骑行阿里南线的伙伴

要回拉萨，所以打算放弃从马攸木到拉萨的这段骑行。哥们儿一直翘首盼着路边有没有有空座的大巴车或者面包车，但等了几辆车都已满员，只能明天再做打算。当时因为西藏有两次大巴车翻车事故，因而对于大巴车的管理非常严格，规定每辆车只能坐19个人，空座很多但也不能超员。

不一会儿走进来另一个骑友长风，一口标准的川普。他独自从四川资阳出发，一路北上甘肃，西进青海、新疆，在叶城找到队伍接着骑新藏线一路南下，翻昆仑山界山达坂进西藏，已经骑了100多天了，打算到达拉萨后再往尼泊尔骑。他们新藏线的骑行队伍原来很庞大，路上渐渐散开，现在只剩三个人还在坚持，他的队友姚东和另一个叫凌玲玲的姑娘在后面。长风把驮包卸下来搬进屋子里，递给我一块巧克力说："他们在后边悠悠地骑，估计还有1个小时才到。"晚饭的米才刚刚下锅，我们先要了3瓶拉萨啤酒喝起来。外面的冰雹渐渐停了，转瞬间云开雾散，夕阳火烧云很美。听闻我骑过中尼公路，长风就找我咨询一些攻略，关于路好不好骑，风景美不美，路线如何安排等。听我讲完之后，他们决定先骑到萨嘎，离开219国道走214县道，经过佩枯错到中尼公路上，再从门布乡出发走中尼公路到拉萨。

1个小时之后，姚东和凌玲玲终于到了，长风调侃他们："怎么骑那么慢，处对象呢？"姚东回应："没有，爆胎了。"

长风说："鬼才信，补个胎也不需要那么久，要朋友就要朋友嘛，害羞什么。"凌玲玲姑娘对此没有回应，兀自卸驮包收拾东西。晚饭上来，各点各的，简单的西红柿鸡蛋面、牛肉面，还有青椒肉丝盖饭。大家都饿了，吃饭的时候顾不上聊天，每个人都狼吞虎咽毫无吃相可言。这时小卖铺的屋门被推开，瞬间吸引了所有人的注意力——天都黑了难道还有骑友？只见走进来的是三个背包徒步的驴友，竟然是一男两女的组合，羡慕得我们几个眼睛都绿了。藏区骑行者和徒步者的队伍里，姑娘绝对是稀缺资源，即便带着一些风尘仆仆的疲惫，依然好看。她们过来投宿，但铺位已满，就离开去了隔壁一家。当时如果我是已经喝到兴致高昂，一定过去拉她们一起喝酒，可惜当时在埋头吃饭，也就错过了。

吃完饭后，老板娘放了几首格调很高的歌，炉火也烧得很旺，我就叫了10瓶拉萨啤酒摆在桌上，小铁皮屋立刻就成了我们的酒吧，开喝！一开始是长风讲他这100多天骑行中国西部的故事，提到新疆那边有个百里风区，让人非常恼火，逆风时推车都很艰辛更别说骑，侧风时连人带车被吹下马路牙子更是秒秒钟的事情，那一段是最痛苦的。姚东讲这次新藏线最辛苦的还是翻昆仑山界山达坂之后那一段无人区，路烂无补给，还遇到了狼，但是班公错真的很美，姚东说："我人生中第一次看到那么蓝的湖水。"我则讲述从2014

年 2 月份开始的间隔年旅行，他们对印度都还特别好奇，尤其当我拿出老鼠神庙的照片给他们看时，他们都震惊了。后来聊的话题就有点务虚，讨论的是人生应当如何度过、如何取舍，放纵不羁的旅行是否太过自私……

姚东大哥比较年长，在乌鲁木齐上班，工作比较稳定，他端着酒瓶说："父母在，不远游，爸妈催我早点儿成家，这事儿比较有压力。"另一方面他又坚持着"最怕一生碌碌无为，还安慰自己平凡可贵"的信念，所以每年都会任性地进行一次未知的骑行之旅。凌玲玲是北师大的老师，她每年暑假会出门旅行一次。她也热爱骑车，2012 年曾骑过新藏线但是因为出了事故把下巴摔破了导致没骑完，这次重新来过。姑娘的话语里透着一股凌厉："之前的日子都太过平凡，这次想超越一下自己，哪里跌倒了哪里爬起来！"后来我翻过她的骑行游记，这个内心特别豪迈的姑娘的座右铭是"我要这天，再遮不住我眼，要这地，再埋不了我心，要那诸佛，都烟消云散！"长风兄就是典型的在路上的年轻人，工作攒了一些钱，就开始骑行中国西部。"我们家乡那是小地方，大学之前也没看过外面的世界，这次就想着趁着年轻多走走看看。没什么钱，就骑车、住帐篷，现在 3 个多月了还没花到 1 万块钱。"这让我想起另一个朋友小北京，骑行两年，4 万多公里，第一次亚洲大陆，第二次则干脆从北京骑到了好望角，平均一年的开销还不到2万块钱。有些时候关于远方的梦，并没有那么昂贵。

平常晚上9点钟早已进入梦乡，那天我们却一直喝到了凌晨1点多，假装第二天我们都不需要再赶路。桌上堆满了空啤酒瓶，大家都喝得脸红红的，感觉是这一路骑来夜生活最丰富的一天。这就是"在路上"精神，昨天我们尚未认识，明天我们将要分别，那么今天我们无醉不欢！推开门去野地里方便一下，抬头望天，银河拱门倾泻下来，真的好美，脑海里想起一句萨冈的诗：

"所有漂泊的人生都梦想着平静、童年、杜鹃花，正如所有平静的人生都幻想伏特加、乐队和醉生梦死。"

马攸木检查站对于大多数人来说只是匆匆而过的公路站，对我们来说，却是一个可以去回味一生的地方。一群高原骑行者，总有讲不完的故事，酒瓶碰在一起，都是慷慨激昂的声音，细数繁星闪烁，细数此生奔波。

请叫我"风里来雨里去的男人"

阿里南线，也就是新藏公路 219 国道狮泉河—拉孜一段，是我在青藏高原所有骑行经历中，路况最好的一段。全程都是平整的柏油路面，没有落差超过 1000 米的山口，也没有丁点儿烂路。无论顺风、逆风，风速都还算温和，不会对骑行造成任何影响。回想起这一段 900 公里的车轮轨迹给我造成的痛苦，除了孤独，就是冰雪交加的恶劣天气，我也在此经历了人生中最寒冷的一个白天。

这多少也跟我不羁的骑行风格有关：骑行，我唯一需要的是一辆自行车，其余装备可有可无，以至于别人看着我穿一件大吉岭毛衫、瓦拉纳西灯笼裤和一双单薄的蓝色帆布鞋，都不敢相信这是一个骑行者。没有头盔，没有手套，没有墨镜，没有码表，没有驮包，没有防水罩、魔术巾、雨衣、手电……在别人眼中我相当不专业，但我自己觉得，骑车嘛，除了自行车之外，最重要的就是身体——包括体力和毅力，其他装备什么的，都不重要。虽然对装备很不屑，可每一次痛苦的经历都告诉我装备的重要性：贡嘎雪山的徒步让我知道一双好的徒步鞋是多么重要，年保玉则重装穿越让我明白一个保暖的睡袋对于野外徒步来说意味着什么，这次阿里南线骑行，我也是痛定思痛，防水的冲锋衣裤或者一件雨衣在恶劣天气下是多么多么关键！也罢，有了这次痛苦经历，我也常常开玩笑说我是一个"风里来雨里去的男人"。

阿里南线骑行前四天天气一直阴晴不定，但至少白天没有下雨。但到了第五天，我从拉藏乡往帕羊镇飚骑155公里，却遭遇了相当恶劣的天气。当天连续翻越了两座5000米左右的山——突击拉山和朔格拉山，骑车翻山这事儿常有，难熬的是上山，幸福的是下山。但是如果当时的天气是冰雨风暴的话，情况就恰恰相反，上山反而不会特别痛苦，无非是辛苦一些，身体克服重力做功一直在出汗发热，也就感觉不到风雪的冰冷刺骨；下山就惨了，一方面下坡速度很快，近乎零度的气温，再加上迎面扑来的风，手即使缩在袖子里也会被寒冷无情地侵袭，更何况手指还因为捏着刹车而不得不暴露在冰雨的打击中，脸更是被冰粒砸得睁不开眼睛，整个人都冻得意识模糊了。当时穿的冲锋裤质量不错，但是外套和鞋子防水性欠佳，我的薄外套、毛衣和贴身的衬衣都已经被雨水打湿，鞋子对于我的双脚来说也早已成为一对冰窟窿。

我从来没有这么期待过下坡早点结束，这样就可以不用再捏刹车，可以继续蹬着脚踏燃烧身体持续发热。从早上出发到翻越突击拉山到达仲巴县城路口的加油站，整整5个小时，体温都在被湿冷的雨水一点点吞噬，苦不堪言。看到加

突击拉山
海拔: **4920 m**

翻越突击拉山，我的全身都被大雨淋湿

油站的时候，我心里燃起一丝希望，此时对我来说，温暖和干燥是优先级最高的生理需求。到了加油站，我把车靠着墙放好，钻进他们的厨房，饭厅里烧得正旺的炉子成为我的救命稻草。我颤抖着站在火炉边，一边烤火一边跟加油站的工作人员、警务人员寒暄，大家都用一种怜悯的眼神看着这样一个狼狈如落汤鸡的旅行者，纳闷为什么这么大雨还要坚持骑车。

稍微暖和一点儿之后，我把外套、鞋子和袜子都脱下来，摆在火炉边烘烤，湿漉漉的衣物上很快泛起了一层白雾，我的头发上也是。气氛一开始都还挺好，直到一个老太太进来，看到我这副陌生面孔，以及当时小小餐厅里的衣物鞋袜散落的场景，劈头盖脸先怒斥了我一顿，说这是吃饭的地方啊，你这么烘烤鞋袜他们还怎么吃午饭！我心里莫名委屈，但还是光着脚来回倒腾，先把鞋子袜子搁在一边，旁边的警务大哥一边帮我收衣服，一边安慰我："待会儿吃完再烘衣服，不着急。"

这下我拘谨了，顶着"不速之客"的身份坐在一边，默默等着他们吃完。此时我已经不冷，只是想着尽快烤干湿透的鞋袜、外套好早点上路。大约过了十来分钟，那个老太太拿了一个干净的碗和一双筷子，递给我让我自己去盛饭夹菜，按理说我应该先客气推诿一下，但她的眼神里只有两个字——"听话"，根本容不得我有任何异议，于是我默默接过碗筷，光着脚站着吃。老太太接着又给我找了一双拖鞋，然后进屋里拿了一件她爱人的军大衣给我披上，脸

在加油站烘衣服

色依然不好看，我说谢谢的时候都是唯唯诺诺，但是心里感动得都快掉眼泪了。这顿加油站的工作餐很简单，一个脸盆大小的锅里，鱼肉、宽粉、大白菜乱炖，于我而言却是美味佳肴。

吃完之后，见大家都已经收拾好碗筷，我继续把鞋子、袜子架在火炉边烘干。其他人各自忙碌去了，老太太开始跟我拉家常，长辈式的发言总是从问句开始。从旅行动机聊到工作婚姻状况，然后一脸严肃地用训斥的语气教育我这种雨雪天气就不该骑车，简直是自己找罪受！她又觉得这样风雨无阻的坚持也是一种历练，虽然不太理解我们这一代年轻人的想法，但是能吃苦终归是好事。聊着聊着她也补充了一句："一开始进屋时对你态度不好，小伙子别往心里去啊！刚才有个没良心的大货车司机加油，加到一半时自己清空了一次表，相当于偷了几百块钱的油，被发现之后还抵赖！"我才明白那会儿我刚刚进屋烤火时，门外加油站的一阵聒噪吵声，原来是她和老伴与那缺德司机在争执，交警也来协调，可惜没证据，白白让人偷了便宜。这年头，挣钱不容易啊！

刚刚老太太气得不行，心里一直堵着，现在气消了，跟我说话的口气，挺像我的外婆，刀子嘴豆腐心，特别亲切。

一会儿她老伴儿进来，也是一脸愁云，端着饭默默吃着，旁边的交警也给他们出招，说最好还是装个摄像头监控，这样他们也好取证。老两口儿就开始跟我讲他们的苦衷，他们老家是河南，机缘巧合跑来这西藏偏远地区承包加油站，为的就是挣一些辛苦钱，还得时常提防黑心司机耍伎俩偷油。儿子远在四川上高中，逢年过节才能见一面，就希望等孩子上大学了，这边也攒够钱了，一家人再重新生活在一起。聊天中老太太还问我是在哪里上学，我说我早就毕业了，大学是在北京航空航天大学。老太太当时就很惊讶："小伙子真有出息！不过你们学校毕业的现在不是应该在搞火箭卫星神州飞船么，你怎么跑到这穷乡僻壤来了？"我笑笑，不知道该如何跟长辈解释，要实话实说"我这吊儿郎当的性格实在不适合搞科研"，估计又要被老太太训导一番了。

　　湿漉漉的衣物在炉火旁蒸发着白色的雾气，我和老太太聊了很多，心头也是暖暖的。走之前老太太还嘱咐我年纪也

历经风雨终于在屋檐下享受片刻幸福

不小了，要多孝顺父母，早点找对象，早点结婚，说他们做父母的特别理解这份心情，就希望孩子平安、稳定、早点成家。我带着这份陌生长辈的心意，继续上路，下午翻朔格拉山，雨依旧淅淅沥沥地下着，中途遇到阳光从乌云缝隙中穿出来，心情那叫一个美。高原紫外线热量充足，分明能感觉到湿漉漉的衣物慢慢被灼干。好景不长，一阵积雨云再次碾压过来，这次是一次雷阵雨，当时我四下里寻找可以躲雨的房屋或者路桥，发现竟然无处可躲。密密麻麻的雨点在一分钟之内让我放弃抵抗，反正骑着车身体也发热呢，全身湿透也不冷，让我一次痛快淋个够！或许是老天爷被我的乐观精神所感动，15分钟暴雨之后，赏给我一片雨过天晴，衣服很快又干了。

如此往复几次，我终于熬到帕羊，在藏民家庭旅馆投宿，继续烘衣物鞋袜，换上干燥的衣物用热水泡着脚喝着酥油茶，历经风雨终于躲在屋檐下享受片刻幸福。这一天着实难忘，9小时的骑行时间里差不多有8小时全身皮肤都在湿冷的触感中煎熬着，脑海里全是炉火、热汤和温暖被窝。待停歇下来，烤着火写着日记，发现至少有这么一趟"风里来，雨里去"的坚持，也挺不错。

尤其是回想到加油站那顿午餐，只是一大锅有鱼有粉丝有大白菜的乱炖，却是我这辈子难以忘怀的一顿饭。我想，是因为遇到了老太太那样真实而温暖的人。

人落荒原被犬欺

　　经常有人问我：在藏区骑行会不会挺危险啊，那里是不是挺乱的呀？我想说，那里的民风很淳朴，人也都很善良，就是狗很凶。无论是藏獒还是普通的藏狗，对骑行者来说，都是某种麻烦和危险的存在。一旦被咬一口，就不得不中断骑行计划，而且一般比较小

这里是我被狗袭击的地点

的村镇都没有打狂犬病疫苗的地方。以前我有个同事骑行川藏线的时候就被狗咬过，为了打针耽误了好几天的行程。

2014年5月中尼公路骑行，在樟木口岸出发前，我遇到摩托车骑士大鹏，他给我详细讲述了他曾经遇到的危险。他两次被狗袭击，好在摩托车速度快，相对容易摆脱，但是他对我这个自行车骑士还是表示担忧，尤其我还是单枪匹马一个人。他当时给的建议是：遇到平路和下坡，就拼命加速甩掉恶狗，如果是上坡的话，赶紧下车，把自行车横过来当盾牌来阻挡狗的扑咬，再用石头或者棍子驱赶。大鹏问："你有准备打狗棒吗？"我一脸茫然，突然就后悔自己把三脚架给提前寄回去了！

这几次骑行经历都曾跟藏狗短兵相接：

中尼公路骑行第二天，从聂拉木出发前往聂汝雄拉山口的路上，经过一处村镇，我正犹豫着要不要停车休息一下买点干粮，突然发现马路对面窜出来一只藏狗，一边吼叫着一边横穿马路朝我冲了过来。虽然是平路，但我根本来不及加速摆脱它，只能赶紧停车。从自行车横杆的右侧下车时还非常不习惯，加上心里慌乱差点摔倒。下车后赶紧把自行车横在身前阻挡疯狗的扑咬。习惯了凶恶的叫声之后，我也不再害怕，就这么僵持着。四下里没有石头，只能等着村子里狗的主人把它喊回去。

川藏公路骑行第八天，在理塘和海子山之间的禾尼乡休息吃午饭，我喝完一罐可乐之后走到小卖铺背后的墙角去方便，院子里突然冲出一只比成年金毛还大的藏狗，让我猝不及防。它一开始没有吼叫，只是不怀好意地靠过来，等到距离我2米远时突然开始狂吠着扑上来，瞬间我的肾上腺激素爆满，吓得尿都憋了回去！我一边提上裤子，一边退后闪避，四下寻找石头，还没等我弯腰捡，藏狗又一次扑过来，我条件反射一般一脚蹬过去，踢中它的鼻子，它退了半步。趁着这间隙我捡起砖头大小的石头砸过去，一般的狗只要见到人扔石头就立刻犯怂，灰溜溜逃走，可眼下这条却不吃这一套，我连续扔了三次，它不但没有逃走，反而步步紧逼寻求扑咬的机会。我只能一边扔石头一边后退，离开了它的警戒范围之后，恶狗才停止攻击。我走回小卖铺，点根烟平缓一下心跳，然后换了一片野地方便。

　　阿里北线骑行第八天，天色已晚，距离目的地中仓乡还有几公里远，一条看不见尽头的长上坡守候在前方。我和铁人精疲力尽，决定下车推一段休息一会儿。路过一户孤零零杵在荒郊野岭之中的牧民房屋时，30米外两只藏狗看上去鬼鬼祟祟，但它们并没有直接杀过来，而是不声不响地摸到我们侧后方连余光都观察不到的位置，悄悄靠近，然后忽然加速扑上来。我和铁人感觉到杀气之后立刻停车、弯腰，在路边捡石头砸过去作为回击。恶犬与我们保持距离，见我们起身推着车又开始逼近，反复几次后我们火了，在路边抄起一根带铁钉的窗户框，迎着吼叫声冲过去作势要打，藏狗们才悻悻离去。看来有些藏狗不仅暴戾，而且狡猾，并不是只有人类会迂回，人家野兽也会包抄！

上述三次遇狗经历其实都是小打小闹而已，2014年8月阿里南线骑行才是我被狗虐得最惨的一次。

阿里南线骑行第三天，我真正接受了一次"人落荒原被犬欺"的洗礼。

那天连续翻越了 4936 米的结拉山口和 5098 米的索比亚拉山口，我准备投宿海拔 4938 米的 22 道班。最后 20 公里虽然是平路，但一路逆风也让我骑得很难受。在 1924 公里碑处有 片村庄，远远看去毫无生气，没有一个村民，安静得有点儿诡异，我心里顿时有种不祥的预感。突然一声狗叫打破宁静，我循着声音望去，从右方 100 多米外的田地里突然窜出一条凶神恶煞的黑毛藏狗。黑毛"一狗当先"，周围又凭空冒出来十几只狗追随着它一齐冲我奔过来，这阵势我还是头一次遇见。

面对这突如其来的一群恶狗，我第一反应是——跑！人在遇到危险时迸发的肌肉爆炸力还是可观的，蹭蹭蹭猛蹬几下脚踏，速度瞬间上了30公里／小时，这还不够，但在逆风情况下这个速度已经是极限了。狗群已经跳上路基，成群结队地合围过来，我只能斜着骑向马路左侧逆行车道，却发现自己陷入一个进退两难的尴尬境地：这样的车速既无法摆脱狗群，又很难迅速刹车停车。追在最前边的狗已经奔袭到我车后轮右侧，然后冲着我右腿扑咬过来，它跃起的一刹那，我下意识地向左转弯闪避，直接连人带车高速冲下路基，把野地里的乱石颠飞起来，只记得眼前视线天旋地转，然后整个人摔倒在地。

岂能就此束手就擒被野狗围剿！我根本顾不得疼，1秒钟之内立刻爬起来，把车扶正然后横在自己与狗群之间。带头的黑毛左突右审试图突破我的自行车防线，我则始终控制好自行车挡在身前。庆幸的是除了带头黑毛之外，其他的狗喽啰也就是跟着起哄，并没有前后夹击和多面包抄，我才有机会全身而退。周旋了几分钟之后，黑毛被我用石块砸中，终于偃旗息鼓，我重新把车推上马路牙子。刚准备跨上去骑，黑毛又带着狗群冲过来。我只好立刻下车，马路上没有石头，只能抄起半瓶矿泉水砸过去。狗群只叫不追，但我也不敢轻易上车，而是推行了200多米。离开村子之后，我才重新跨上车骑，也没忘记给青青发消息，告诉他这一段路要小心恶狗群。

经此一役，之后再遇到狗，我都泰然自若。

骑行第四天，我在萨嘎县走错路，误入工地，被几乎是瞬间闪现的两条恶犬袭击。自行车侧滑倒在地，人倒是没有摔倒，我很淡定地用自行车当盾牌，缓缓退出去。

骑行第五天，冒雨翻突击拉山，路过一处村庄，看上去杳无人烟，却突然窜出来一条土狗让我不得不紧急刹车，跟它凶神恶煞地对峙良久，直到我们用眼神达成"互不侵犯协议"。

骑行第七天，骑到公珠错，对面的骑友告诉我前方有恶狗需小心，我揣了两块石头放在口袋里，没过两公里果然遇到几条野狗叫嚣。我都不屑停车，两块石头砸过去教它们做人，噢不对，教它们做狗。

总结一下经验，骑车遇到狗的袭击，只要不是下坡，最好选择下车推行。阿里南线上的帕羊，是传说中的"狗镇"，镇子不大，狗比人多，而且大多是无人看管的野狗，目露凶光，恨不得在大马路上横着走，当地人都会忌惮。我从镇子外缘就开始下车推行，并捡了一根木棍防身，小心翼翼地走着，潜意识觉得所有的野狗都以不怀好意的眼光打量着我。我也毫无畏惧，都是过来人了，谁怕谁？反倒这次没有遭狗袭击，

甚至连挑衅的吼叫声都没有，据说野兽是能够感受到你眼神里的恐惧的，如果你流露出害怕的目光，那就很有可能被欺负。经历了阿里南线一路跟狗的多次对峙，我也已经处变不惊了。

回想起来，每次都是有惊无险，也算是幸运，即便那次被狗群撵至摔下马路牙子，也没有受什么严重的伤。我还问过青青在经过 219 国道 1924 公里碑处的村庄处有没有被那群狗欺凌，青青同学萌萌地回答："没有哎，可能因为我是轮滑，像幽灵一样飘过去，狗狗们也会害怕吧。"

被狗袭击的时候肯定是没时间拍照的

转山，无关信仰

只为那古老了千万年的风景。

我是个旅行者，虽不信教但相信轮回。无论是转山的 52 公里，还是骑车到塔尔钦的近 900 公里，包括我过去走过的所有平凡之路，都不过是此生轮回之路。

骑完阿里南线回到拉萨，我做了一个梦，梦见自己又回到卓玛拉垭口，铺满山坡的经幡，漫天飞舞的龙达，青烟袅袅的焚香。前面一个藏族老婆婆裹着一件棉布皂袍，脖子上挂着红珊瑚和绿松石项链，手里娴熟地捻着佛珠。她走得很慢，腰深深弯下去，但并没有流露出疲惫，每一步都坚实有力……我从她身旁走过时，她面露微笑，虽然头发花白，眼里却透出一股矍铄的神韵，似乎这一世的微茫都只在须臾间，只有脚下的路如此漫长，来路无垠，去向无踪。

阿里南线骑行的终点就是塔尔钦，冈仁波齐的转山之行就是我此次单车朝圣之旅的最终目的地。这个梦更像回忆，转山时朝圣者的身影和面孔早已在我心中留下难忘的印象，尤其是那些以磕长头的方式俯仰于神山脚下，用身体在大地上印出转山之环线的朝圣者，让人感叹信仰的力量。冈仁波齐作为全世界数以亿计教徒所认定的世界的中心，是最具传奇色彩的一座雪山，每年都吸引着成千上万的佛教、苯教、耆那教和印度教的信徒前来朝圣。

转山的藏民

　　这里大部分是印度人和藏族人，也有不少游客。无论信教与否，我相信转山的人既然不远万里来到冈仁波齐脚下，心中都会有自己的理由来坚持这一段艰苦旅程。转山途中听几个游客闲言碎语地议论："那些印度人太不虔诚了，骑着马转山，优哉游哉的。"对此我总是置之一笑，也许他们没有想过，那些磕长头转山的人，会不会也会觉得我们这些徒步转山的人不虔诚呢？骑马也好，走路也好，

纳木那尼雪峰

　　一步一跪拜也好，所有人不都是在自己的生命中，从起点踱向终点吗？找到适合自己，自己喜欢的方式就好。

　　同样，转一圈、三圈还是九圈也都因人而异，准确说是因己而异；转山这件事，说到底是完成自己生命中的一段旅途。我一路从拉孜骑车到塔尔钦，8天近900公里风雨兼程，就是为了到达冈仁波齐，可内心一片混沌，从没想过为什么要来转山。这世上所有牵扯到"意义"二字的问题都让人头疼，懒得思忖太多，先走了再说。第一天的行程比较轻松，从塔尔钦出发，顺时针方向沿山路前行，左手边可以远眺纳木那尼雪峰以及鬼湖拉昂错，经过经幡广场，再到曲古寺，沿着冈仁波齐雪峰西侧，继续走过长寿三峰，最终到达冈仁波齐北侧山脚的止热寺，一共约20公里。选择两天完成转山的徒步者第一天都会住在止热寺这边的宾馆或帐篷里，这里也是欣赏冈仁

冈仁波齐巨大的山体似乎近在咫尺

波齐星空和日出的最佳地点。

傍晚已经爬了一次山看日落，我回到帐篷里吃晚饭。夜里9点多，大部分转山者都已躺下休息，我怀着期许的心情走出帐篷，抬头仰望夜空，一道灿烂的银河拱门纵贯天穹，正好落在冈仁波齐雪山之巅！这是我此生见过的最美的星河，美到让我完全忘记寒冷和疲惫。喊上刚认识的驴友张小平，打着手电筒，沿着乱石嶙峋的山坡往高处走，只为寻找更好的角度和开阔的视野来拍摄眼前的一切。半小时之后，在仙乃日神山山脊处，回望帐篷营地的灯火都已经遥远如星光。冈仁波齐巨大的山体似乎近在咫尺，快门按下，静静等待30秒的曝光时间，那一刻我觉得人类世界完完全全噤声了，只剩下最古老的宇宙本身，我们只是这亘古不变中最卑微的存在——咔嚓声再次响起，回过神来，相机显示屏上的画面记录了此次转山之行我所见到的最不可思议的一幕。

次日黎明，大部分转山者在凌晨5点之前就已经摸黑出发，我将闹钟定在7点15分，不是因为懒，而是要在这里等着日出。自然风景中我最爱雪山，尤其是日照金山的瞬间最让我欲罢不能。因为经度的关系，冈仁波齐8月的日出是在早晨8点左右，7点半我就开始守候，一边祈祷云开雾散，一边哆哆嗦嗦地抵抗着寒冷。帐篷旅馆的女主人递给我一杯热腾腾的酥油茶，这无疑是雪中送炭。一口灌下去，身体从内到外都热乎起来。东方的天际一点点亮起来，冈仁波齐山尖的云也渐渐散去，当第一缕阳光照射在雪山之巅时，

卓玛拉垭口的龙达飞扬

我听到旁边一片惊呼。猩红色的晨光映在古老的冰川上，金光闪闪，若非亲眼所见，真的难以想象世间还有如此梦幻的日出。

日出结束之后我喝了杯咖啡，吃了点干粮，开始转山旅途中艰难的一段——翻越海拔5640米的卓玛拉垭口。天空逐渐被阴云笼罩，去往垭口的路上会路过天葬台，草地上散落着数百个玛尼堆，而这些玛尼堆上都覆盖着衣服、甚至头发，阴森森的铅云下仿佛是一片露天的衣冠冢。据说朝圣者在转山途中要经历一次象征性的死亡，走过这片代表着地狱的天葬台，才能在卓玛拉山口重生，因此信徒们会在这里留下衣物鞋帽，表明已经历此劫难。在一段很陡的上坡之后，会看到山坡上的经幡越来越密集，以至于铺满了整片山脊，这里就是转山全程海拔最高点——卓玛拉垭口。绕卓玛石一圈，会得到度母的庇佑，洗清罪孽后重获新生。

在卓玛拉垭口，许多信徒会献上经幡和哈达，嘴里念着六字真言冲着冈仁波齐神山的方向五体投地，并在悬崖边将手中一沓一沓的龙达撒向天空祈福；而一些印度教徒则会沿着陡峭的山路下到如碧玉一般的托吉错边，手捧圣水自头上浇下。心中有神祇的人，在那一刻一定是荣耀的。但转山是为了什么？与我同住止热寺的张小平说："我来转山就是希望能净化自己的灵魂、洗清罪孽，我挂了一个经幡，希望我的家人能够平安、一切顺利。"从塔尔钦一起搭车的画角姑娘说："觉得自己罪孽太深重，另外也想感受一下藏民转山的这种信仰。"骑行第一天认识的"风一样的轮滑小帅哥"青青说："反正路过塔尔钦又赶上马年，就转个山。本来不知道要许愿的，后来听说可以许愿，就祝世界和平、人们幸福。"转山途中，我与一个尼泊尔小伙子攀谈，他表示更多的就是借着转山的契机来中国看一看，"尼泊尔是个小国家，中国、中国这么大！"边说边张

开双臂比画着，满脸都是震惊的神色，特别可爱。

从卓玛拉山口下来之后，一直到塔尔钦有20公里的平路——相信找，在这段路才是最痛苦的，仿佛怎么也走不完，身体和心理的双重疲惫只让人想着赶快完成这段辛苦的徒步。在这5个小时机械麻木的行走中，我脑海里还盘旋着那个问题，我为什么来转山？生是经历，不只是活着，我见过冈仁波齐的星空和日出，见过卓玛拉垭口的风马旗飞扬，见过信徒最虔诚的目光并真切感受到了信仰的力量，见过飞翔在冰川上空的雄鹰。这就够了，转山对我而言，只是一场纯粹的行走。

卓玛拉垭口的湖泊

川藏公路

2015 年 5 月

成都—拉萨

2160 公里

骑行第一天就偶遇几个比我小 10 岁的伙伴

朝夕相处了 1 个月

他们为的是毕业旅行的愿望

而我则是为了曾经的梦想

2006 年，我本科毕业时就打算骑行川藏

然而因为当时选择了去云南白马雪山支教而

放弃骑行计划

9 年过去了

最初的梦想终究不会被辜负

梦想，可以迟到，不能辜负

川藏公路骑行是我 2006 年大学毕业时候的梦想，当时我跟老同学于阳都加入了学校自行车协会，5 月份两人还一起从北京骑到青岛，当是拉练。毕业季来临，于阳找到工作需要立刻回昆明上班，而我则临时决定前往云南白马雪山支教一整个暑假，于是这个梦想被搁置了。之后我们一直为生活奔波，1 个月的假期成为奢望，谁也没有再提起骑行西藏的事。

2014 年我开启了自己的 Gap Year（间隔年）之旅，分别在 5 月和 8 月骑了中尼公路和阿里南线，朋友圈里的照片展示出西藏骑行最光鲜的一面：雪域高原大气磅礴的自然风光，还有车轮不息的浪漫主义情怀。老同学于阳就被点燃了，虽然他已结婚生子工作稳定，但大学毕业那个未完成的梦想始终萦绕心头，他不想让自己遗憾终身，得知我 2015 年还会继续旅行，便信誓旦旦地跟我说："把 2015 年 5 月的档期留出来，我能请到 20 天的假，到时候我跟你一起骑滇藏线。"我说："好！"他显然是认真的，工作多年之后他又重新捡起自行车，怕拖我后腿，所以周末有空他就会骑车训练。

然而，冥冥之中我就觉得他会"放我鸽子"。果不其然，

翻越拉乌山

2015 年 4 月的时候，他说自己不能去了："兄弟，哥们儿我食言了，去不了了！工作上临时有重要的事情没办法抽身，这关系到将来事业的发展，实在对不住啊！"我简单回复两个字："好吧！"总有被各种理由、各种借口拖延的梦想，可那还是梦想吗？拖着拖着，也许就被辜负了吧。

5月档期已经留好，临时被放鸽子也无妨，我一个人骑好了！4月下旬的时候，四川的好友们帮我报了成都马拉松，原计划是先跑马拉松，然后从四川进云南，开始滇藏线骑行。被于阳放鸽子之后，我干脆改骑川藏线，就从成都出发。当时也是有点铁人三项的味道，短短10天的时间里，我先完成了成都马拉松，接着又跟之前在印度和伊朗认识的驴友一起重装徒步穿越贡嘎雪山和雅拉雪山。委托朋友把我的自行车从拉萨寄到成都后，我马不停蹄地开始了318国道川藏公路的骑行，中间几乎都没怎么休整。

在成都一起跑马拉松的姑娘们请我吃火锅喝啤酒，算是为我饯行——此去2100多公里，一路保重！5月5号出发，第一天就是160公里，从成都到雅安，我睡到8点多才起床，出发得很晚。平路微风的情况下，我一直以20公里／小时的速度骑车，中途不休息，终于在午饭之前在邛崃市赶上一些骑友。但我不曾想到，这条中国人的景观大道，会有如此庞大的骑行队伍。下午继续飚骑又赶上很多队伍，傍晚到达雅安市的地标马踏飞燕，浩浩汤汤大队人马开始集结。晚上，90%的骑友选择住在东升竹庄，这家客栈在一处小山上，坡度很陡，路口就有一幅标语刷在墙上"推上去的是爷们，骑上去的是纯爷们儿"，还有一句"骑到拉萨这就不叫坡"！

走进客栈院子里，我不禁感叹，这简直就是龙门客栈啊！

各路英豪聚集于此，熙熙攘攘，至少有 80 多人。7、8 月是
川藏线骑行的旺季，现在才 5 月，每天骑行川藏线的差不多
就有 100 人，可见这条公路是多么受年轻人青睐。洗完澡，
我跟同屋的其余三个骑友寒暄一阵，就准备吃晚饭了。骑行

第一天在雅安遇到的骑行队伍

的日子里，每天最幸福的便是晚饭时间，以及喝着啤酒抽着烟、写着日记聊着天的"夜生活"。当天晚饭之后还有一次川藏骑行分享会，旅馆的老板便是这经验丰富的江湖百晓生，对着扩音器跟大伙儿讲着接下来2000公里骑行的注意事项：如何防狗，如何防抢劫，有哪些路段是烂路，折多山下坡及怒江桥之前都有与路面颜色一致的减速带需要小心，川藏线上常见的司机对骑行者的骗局，以及沿途适合休整的地点，如康定、理塘、然乌、林芝。骑友们大多聚精会神地听，我也能感觉到他们已经开始摩拳擦掌，要把青春都燃烧在路上的那万丈豪情。而实际上，自始至终不搭车不放弃、纯靠身体的力量骑到拉萨的人，不足20%！

第二天早饭时，我认识了之后结队骑行的伙伴：彭志强、高涛、吉睿、赵敏、美静、何秀丽，队伍的口号是"趁年轻，就同行"。他们基本都是应届本科毕业生，把骑行川藏线作为毕业旅行，六个人里有原来就认识的同学，也有网上结伴的驴友。当时我跟他们结伴真的不是因为这是此次川藏线之行男女比例最让人羡慕的队伍，而是因为我吃早饭时刚好跟他们一桌，而且他们还认出我来了，因为我背着的包上挂着一只巨大的雕雕公仔，辨识度很高。昨天从成都到雅安的路上，我一路都在超车，也从他们队伍旁边骑过，赵敏妹子说当时对我的印象就是：背了一只大鸟，还骑得快要飞起来！

提到为什么要骑川藏线，赵敏说："就是冲着风景去的，高原风景很美，徒步没人陪，搭车太快了，自行车最合适。"吉睿的回答也很简单："就是想多走一走，多看一看这个世界。"队长彭志强是个性情中人，问他怎么想到来发起这次单车朝圣之旅，他半开玩笑半认真来一句："骑行川

和伙伴们在金沙江大桥

藏线后悔一个月，不骑川藏线后悔一辈子。"够血性，才青春！他给我留下印象最深刻的一句话是那天我们过了通麦天险之后，晚上入住排龙乡，非常简陋的环境，充电和手机信号都是问题。在破木板搭成的小屋里洗了一个温水澡，总算褪去了一身的灰尘泥泞。外边还下着雨，同伴们都在屋檐下

恍惚间，我仿佛穿越时空隧道，刚刚完成毕业旅行，一头扎进未知的人潮

听歌休息。晚上一起吃饭，简单的荤素搭配，重头戏是我们搬了一箱雪花啤酒。昏暗的餐厅小屋里，大家痛快喝着聊着，队长就说了这么一句煽情的话："很容易找到一个人陪你喝雪花，可是很难找到一个人陪你勇闯天涯。"

580 天的 Gap Year（间隔年）旅行中，令我感触最深的就是这次 2160 公里的川藏公路骑行。和比自己小 10 岁的年轻人一路同行近 30 天，和他们相处时，我才察觉到岁月在自己性情里留下的深深的烙印——我好像没办法像他们一样横冲直撞般开心或懊恼，但所幸，我还能够被那种轻易流淌出来的情绪所感染。年少时的梦想终究没有被辜负，无论以后的生活会是怎样，我依然相信将来再多光鲜亮丽的岁月，也比不上曾经一起傻不愣登的时光。

最后到达拉萨，玩耍了几天之后，坐机场大巴离开时，我一直望着窗外发呆，脑子里全是过去一个月里骑行川藏的记忆碎片。心愿已了，回归生活，有点像宿醉后的清欢。有那么一瞬间，我恍惚觉得自己还年少，刚刚完成毕业旅行，开始一头扎进未知的新的人生潮涌中。

川藏线的各式旅人

　　多认识一个人，就多认识一片世界。

　　跟之前之后的那几次骑行都不一样，北京—青岛之行、台湾环岛骑行，还有阿里北线骑行都是跟好兄弟结伴同行，中尼公路和阿里南线则是单骑千里，而这次川藏线，我是一个人出发，但绝不是一个人在战斗。作为中国人的景观大道，318 国道川藏公路段简直就是一个小江湖，各路侠客，络绎不绝。沿途那些歇脚的地方，大到城镇、小到乡村甚至兵站、道班，都像是武侠小说里人声鼎沸的驿站，聚集着形形色色的在路上的人。骑自行车的人是最多的，此外还有自驾的、骑摩托车的、徒步的、徒搭（徒步搭车）的、磕长头的，也有一些另类极客——轮滑的、推板车的……自驾和摩托姑且不提，人家烧的是汽油；磕长头的也暂不论，人家是基于信仰进行某种重要的仪式。

　　川藏线的骑行者通常都是行头花哨——墨镜、冲锋衣、魔术巾和防雨罩的颜色都极具视觉冲击力，算是这条景观大道上另一道别致的风景线吧。骑友们大致分为几种：有些队伍是骑行俱乐部，连骑行服都统一，甚至带了横幅或者旗帜；有些队伍是网上邀约的驴友，出发时间一致，自由组队；有

些是情侣夫妻档，一路秀恩爱；有些则是独行侠，坚持按照
自己的节奏和计划。

川藏骑行第二天

　　我个人觉得纯徒步的旅行者最让人敬畏，从成都到拉萨
这 2000 多公里的路，他们要足足走上两个半月。因为要带
帐篷、睡袋、干粮，他们负重比骑行者更多，每一次翻山都

是极为痛苦的：上坡是对体力的挑战，下坡则是对膝盖的考验，而最让人沮丧的其实是要忍受 95% 时间里的无聊和疲惫。纯徒步者很少，骑行第八天翻海子山的时候，我在山脚下遇见一个穿红色冲锋衣背着一个 60 升背包的姑娘。当时爬坡又逆风，我骑车比她步行也快不了多少，索性下车推行跟她聊了一段。姑娘说一个月前从成都出发时是 5 个小伙伴一起，一同举起登山杖直指拉萨，信誓旦旦绝不放弃。然而一周之后，就只剩她一个人还在坚持。后来也遇到一些伙伴，但节奏和想法都不太一致，走着走着就散了。"我想好了，不指望搭伴，就一个人走吧。"等我骑到垭口时，回望她的身影，天地间小小的一点儿红色，在褐色的大地背景上缓缓移动，心里是佩服加崇敬。行走是一种近乎朝圣的仪式，"没有比脚更长的路"！

　　而徒搭是一个比较暧昧的概念，纯徒步者一般不怎么待见徒搭者，觉得他们是投机取巧。而事实上也确实有一些徒搭者，其实并没有徒步多远，大部分的路程都靠搭车完成，他们的进度有时候甚至比骑车的人还快。话说回来，

翻越最后一座米拉山

其实大部分骑行者也都是"骑搭者"。据我观察，100个人里，坚持从不搭车最后骑到拉萨的不足20个。许多人在第一座大山——折多山就放弃了，然后直接搭车去了拉萨。剩下的，多多少少会在扛不住煎熬、耐不住寂寞的时候，选择搭车一段，或远或近。对于老人和女生，我觉得可以理解；对于高原反应或者生病受伤的人，我觉得也无可厚非。不过，用其他原因给自己找各种借口，偷懒去选择搭车，之后还夸夸其谈装作很牛的样子，这种人我是很不屑的！

骑行第七天，从相克宗到理塘那一段要骑行122公里，翻剪子弯山、卡子拉山，以及红龙乡到理塘之间的三座小山，海拔累计上升1800米。早晨吃饭的时候，有一支十来个男生的队伍，坐下来就开始商量着今天到底是骑车还是搭车，他们七嘴八舌的议论其实就是为了掩饰"临阵脱逃"的羞耻心——"外边一直下雨，估计也没什么风景看"。"嗯，从昨儿起我大腿和膝盖一直酸疼，也得休息一天。""我倒是想骑，可假期有限，全程骑行的话时间不太够。""是啊，咱们都骑了一周了，今天就当体验一下搭车的感觉吧。"我在一旁笑而不语，心想着："没毅力坚持就直说，何必找那么多借口。"最后，这10个男生临时决定今天不骑了，搭车到理塘，跟客栈老板讲了一声，客栈老板立刻安排好面包车，一个人150块钱，就搭车走了。

因为这条公路上有众多的骑行者，川藏线上甚至形成了一条特殊的产业链，比如这2000公里路途上随处可见的"517318"(我要骑318)骑友驿站。更夸张的是，替骑友省心省力的"一站式"服务非常贴心，比如遇到烂路或者爬坡辛苦的路段，客栈就会提供驮包运送服务——把你的驮包直接通过面包车运到下一站目的地，可以减轻不少负重。而这些专门为"骑搭者"服务的面包车，更像是马拉松比赛里的收容车，跟在当天骑行大部队的最后。"骑不动了？没关系！上车，交钱，搭你去下一站。"上述的10个哥们儿，相当于在当天骑行的起点相克宗就选择上收容车，轻轻松松搭到终点理塘。

那天早上出发时下雨，傍晚时又下雨，风雨中上山下坡奔波了10小时之后，我终于到达理塘。换下湿透的衣服洗了热水澡，独自去吃饭，在餐馆我竟然又遇到了这10个男生，他们也记得我："哥们儿，今天你全程骑过来的？"我点点头，心想着："多新鲜啊！"聊了几句之后，他们就好奇我为啥

体力这么好，因为不仅觉得我看着挺瘦弱的，而且还比他们大 10 岁。

  我说："我坚持跑步啊，体力跟年纪没多大关系，还是跟锻炼有关。这一天的骑行，其实并不及跑一场马拉松辛苦。"

  他们齐刷刷地瞪大了眼睛看着我："马拉松？马拉松是多少公里？"

  "42.195 公里。"

  "多少？"

  "相当于操场上跑 100 多个圈吧！"

海子山

"天呐！"众人惊愕。

第二天一早他们继续从理塘搭车，原因不明，之后我也再未遇到这一伙人。

在我们的队伍之外，其实还有一个我们喊他"王叔"的大哥一路相随。王叔已经是 50 多岁的人了，但是童心未泯，能和这些小朋友们聊到一起去，后半程的节奏与我们一致，每天都能见到，晚上也会一起吃饭。他没有刻意锻炼过，只凭着一腔热情来骑，早上出发很早，真正骑不动了就搭一段车，不紧不慢。我们问王叔怎么想到来骑川藏线，他说他儿子在西藏昌都当兵，入伍前也骑过川藏线，当时他不能理解儿子为什么要让父母担心去做这么一件自讨苦吃的事，现在自己亲历一回，也就能够感同身受。"这次到了拉萨之后，我儿子的战友会带着我逛逛，然后我再坐车去昌都看望他。本来打算只骑一小段体验一下，没想到遇到你们这帮小孩子还挺热闹，就想着跟你们一起骑完。我速度赶不上你们，就每天搭车追赶一段，哈哈哈。"老爷子心态特别好，时不时还开一下玩笑，调侃着队伍里谁又跟谁好上了，特别有趣。

这一路下来认识了太多的伙伴，然而，在旅途中认识的人，当打招呼说"你好"的时候，就已经是在告别了。最后到了拉萨我们的队伍跟别的队伍还有王叔一起聚过，去了纳木错，几天后大家陆续离开拉萨各奔东西。不知道王叔见到他儿子没有，也不知道那个穿红衣服的徒步姑娘现在走到了哪里。总会有曲终人散的时候，但正是因为共同的经历，在这片川藏线的江湖中，大家"相逢何必曾相识"。每个人都有自己的故事，像是小说里江湖上有名有姓的角色，然后大家一起经历过一场不忘初心的旅程，无论交情深浅，一起走过，便足够了。

算是后话：过了一段时间之后，我从马尔代夫回国准备阿里北线的骑行，在大理遇到一个摆摊削菠萝，卖菠萝的男生。当时我推着好友"女小白"在旧货市场买的邮局自行车在洱海门拍照，把相机摆在车后架上长时间曝光，自行车刚好挨着这哥们儿的三轮车。

等待快门闭合的时间我就和他搭了几句话。男生问了我关于人生的终极问题："你从哪里来？要到哪里去？"听闻我要去西藏狮泉河骑阿里北线，他虽然没有概念，但也说起曾经骑过川藏线。"太累，加上时间有限，骑了一半就放弃了，搭车去了拉萨。"他一边讲一边还不太好意思，我说我也是几个月前刚骑了川藏线。话题就此展开，我们聊着折多山有多么辛苦，聊着海子山姐妹湖有多美，聊着通麦天险有多恐怖……

有了共同经历，便意味着有某种先入为主的亲切，人与人之间最可贵的便是感同身受，哪怕仅仅这一小部分经历。我拍完第三张洱海门夜景的照片时，哥们儿已经切了一块菠萝递给我，说遇到同样喜欢骑车的人特别开心，突然萌生起再次骑单车驰骋高原的念头。

理塘

此处死亡 13 人

　　川藏线最爽的下坡有四个，每个都有近乎2000 米的海拔高差，可以纵情燃烧身体每一处运动细胞的速度与激情。它们分别对应四条河谷：高尔寺山之后到雅江，海子山之后到金沙江，拉乌山之后到澜沧江，以及业拉山之后到怒江。每一个骑过川藏线的人，都应该对怒江72 拐印象深刻。

　　2014 年 8 月，我徒步完年保玉则，搭车走了川藏北线，最后从昌都坐了两天一夜的大巴前往拉萨，准备骑行阿里南线。一路上我有差不多一半的时间在昏睡，直到有一段路被大巴车连续的 180 度转弯给甩醒了，索性望着窗外发呆。当时正好是翻过业拉山，开始走怒江72拐，一路上看到了不少川藏线的单车骑士，成群结队。他们的身影如此轻盈，像精灵一样穿梭于山巅，轻巧灵动地完成一个个 S 弯、U 弯。直道上的车速并不比大巴慢，我隔着车窗玻璃看得那叫一个心痒痒，立刻把"放坡怒江 72 拐"

列入遗愿清单！9个月之后，2015年5月我终于开始了自己的川藏公路骑行，终于又回到这里。

骑行第十五天，早饭时队友们就豪情万丈："今天的下坡会是最爽的！上坡就只有14公里，加油！"之后从海拔4120米的邦达县城出发，连续翻山近2小时到达海拔4618米的业拉山垭口。垭口很宽阔，是一片大的停车休息区，无数行走川藏线的人在这里聚集欢呼雀跃。也许跟时间段有关，上午10点、11点的时候，80%都是骑行者。我们所有队友都到达后，一起合影，然后检查刹车，相互叮嘱下坡一定要小心，这可是川藏公路上背负了很多血案的怒江72拐！从业拉山口下去，大约拐了几个弯，就来到了72拐观景台。视角非常棒——左侧是景深直达天际的层峦山脉，右侧便是

怒江72拐

观景台上看怒江 72 拐

缠绕于山腰上的盘山公路，如巨龙蜿蜒，从视线里数过去有十几个"发卡弯"，一直延伸到山谷下边。当时我心里还嘀咕，怎么数也没有72道拐那么夸张啊！事实上，在这个观景台所领略的，只是业拉山脉和怒江河谷之间巨大落差的一小部分而已，好戏才刚刚开始。还有什么比40公里的连续下坡更让人激动的吗？

观景台这里居然还有自驾游的游客跟我搭讪，说可不可以把自行车借给他骑，他想骑这段下坡体验一下骑行乐趣，作为回报让我坐他的吉普车下山。我心里就"呵呵"了，我千辛万苦爬到垭口，就是为了从海拔最高处放坡飙车，这是单车旅行最具快感的事情了，怎么可能跟你交换交通工具！你当我傻啊！他说他就是想体验一下青藏高原骑行的感觉，每次看到盘山公路上放坡的单车骑士，都觉得很拉风！真是只见贼吃肉不见贼挨打啊，你知道这十几公里上坡我们是怎么被虐的吗？

我属于那种典型白羊座，放坡的时候能不捏刹车尽量不捏刹车，好不容易在爬坡过程中将燃烧肌肉的能量转换为重力势能，真心舍不得在释放重力势能的时候把本该转化的动能消耗一部分在碟刹片的热能上。因为这种不知者无畏的风格，我曾经在中尼公路吃了苦头：甘巴拉山下坡时，正是因为速度过快来不及刹车，被路面上一处坑洼颠得飞起来，在空中人车分离，险些摔车。这次我吸取了教训，顾不得欣赏风景，集中精力盯着前方的路况，然而第一个"发卡弯"就给我来了个下马威，拐弯处竟然是水泥路面！

请问公路设计师是专门坑自行车骑士的吗？拐弯，尤其是拐 180 度急弯时，几乎全部依赖轮胎与地面的摩擦力来提供转弯时的向心加速度，柏油路面的抓地力很强，但水泥路面就差了很多。过第一个 180 度弯时，按照柏油路面的经验，我仅仅减速到 20 公里／小时，想来一个漂亮的快速过弯。可这个速度在水泥路面上完全行不通。结果就是我没办法及时转弯，冲到左侧逆行车道，万幸的是没有迎面而来的车辆，否则我就享年 31 岁了！此后我便开始学乖，直道上放任速度到 50 公里／小时把自己当成风一样的男子；临近

从业拉山回望邦达

弯道时毫不吝啬地刹车减速到 15 公里 / 小时以下，小心翼翼地拐弯。尽管如此，还是有两次惊险，与对面来车擦身而过，那种心脏跳到嗓子眼儿的感觉，至今想起都心有余悸。

"72 拐"有两个非常著名的"发卡弯"，不仅有红蓝警示爆灯，更是立了牌子，赫然写着——"此处死亡 13 人"和"此处死亡 11 人"，触目惊心。大多数葬身于此的都是自行车骑士，致命的有时候是来往的车辆，有时是地面上的坑或碎石，更多的则是因为车速过快转弯不及。大约放坡 15 公里，我在转弯处遇到公路外侧护栏处的一队骑友，其中一个女生坐在地上，自行车倒在一边。她的队友蹲在旁边，我立刻减速去看看有没有可以帮忙的。原来这处"发卡弯"路面上有沙土碎石，拐弯时极易侧滑摔倒，这个女生便是受害者。我们一边帮姑娘处理脸上、手掌上和膝盖上的伤口，一边提醒着陆续放坡下来的骑友们减速慢行，这段休息期间也刚好让刹车碟片冷却一下。

这里有个很有趣的

小插曲。小伙伴们用棉签蘸着碘酒擦着姑娘膝盖上一大片擦伤时，姑娘忍着疼没有哭出声，但是眼泪哗哗地往下掉，周围的男孩们就哄她、安慰她，说今晚带她吃石锅鸡补一补，场面特别有爱。只有一个小伙子做鬼脸逗她笑时，姑娘忍不住"哇"地一下哭出来，原因是——姑娘从小伙子的反光墨镜上看到了自己破相的脸。姑娘哽咽着说："你们骗我，离鲁朗还早着呢，哪里有石锅鸡！"

之后的下坡我还是在安全范围内保持着让肾上腺激素不断涌出的速度，海拔下降速度如此之快，以至于我可以轻易感觉到气温悄悄上升，刚刚还是业拉山垭口的冬天，这会儿已经在半山腰的同尼村看春天的油菜花，半个多小时之后又在怒江峡谷里感受夏日炎炎。一路上我至少超了10辆大卡车以及无数骑友。唯一需要留神的是到达怒江大桥之前还有一个与路面颜色几乎一致的减速带，事先了解攻略的人都会有所提防，但总是有疏忽的人以40公里/小时以上的放坡速度飙下，看到减速带早已为时已晚，轻则摔车，重则身亡。类似的还有折多山垭口下坡，2884公里碑处的两处水泥减速带，也称得上是典型的"骑行者杀手"。比我们晚出发两天的有一个骑友，就在折多山下坡的减速带摔成颅内出血，生死未卜。有时候真不明白为什么公路道班工作人员不把这种水泥减速带漆成稍微鲜艳一些的颜色，比如橙色，或者至少

可以在减速带之前立警示牌吧。

　　过了怒江铁桥检查站之后，我停在路边换上夏天的衣服。正午时分的河谷阳光直射特别炎热，比刚才垭口气温至少高25℃，在这里吃点儿干粮顺便等等队友，确定队伍里的姑娘们小伙子们都安全放坡完毕，再一同继续前进，逐风飘骑怒江72拐的愿望终于完成，之后很多次夜晚，我都会回忆起这些瞬间——路边的防护栏、路墩、油菜花、青稞田，这些都在视线里飞速倒退……世界扑面而来，车轮奔流不息。

　　川藏线骑行困难，最重要的一个原因是那14座平均海拔4500米的高山，爬坡最考验人的毅力。但川藏线骑行的快乐，也因为所有征服垭口之后的放坡时刻，飙车而下的快感，没有亲历的人永远无法体会。在我看来，有趣的生活应该是痛并快乐着，人生是用来体验的，是用来绽放的，比起都市生活中的稳定，我更执着于穿越世界恣意狂欢。在雪山冰川前停止呼吸，在沙漠大海里冥想岁月，在日出日落、星辰流转下聆听瞬息与永恒，在空气稀薄地带每一片云和山的彼端，自由飞翔。

这一路荷尔蒙都在飞扬

年轻人多，总会有些故事，而故事通常都会有一个男主角和一个女主角。

骑行第十二天，翻东达山之前，大家都在荣许兵站住下，吃晚饭的时候听客栈老板娘讲了一个故事：去年店里来了一个男孩和一个女孩，女孩背着包，男孩戴着头盔，刚开始以为他们是情侣骑行者，还纳闷男孩怎么这么没风度让女孩背那么大一个包。后来发现他们只有一辆自行车，才知道男孩骑车走川藏线，在路上认识了一个徒步搭车女孩，几乎每天都会遇到，一来二去，革命友情很快得到了升华，于是干脆就"鸳鸯结伴一起走，虐尽川藏单身狗"。平路的时候女孩会徒步一段，搭车一段，跟男孩约好在某个地方碰头，翻山的时候男孩会推车陪女孩一起步行，下山的时候男孩直接骑车载着女孩让她体验坐在自行车后座上放坡时的速度与激情！

这样的旅行，真是逍遥快活，路途再辛苦也值得了。川藏线的骑行徒步圈子以男生居多，女生是稀缺资源，一路上总能看到但凡有女生出没的地方，周围会有男生们簇拥着怜香惜玉，即便姑娘们总是会自我标榜："我不是女生，我是女汉子！"但在她们需要帮助时，血气方刚的小伙子们总能表现出温柔而有耐心的一面。有了男女搭配，一段坚硬的旅途也就多了许多温馨浪漫。

骑行的时候，女生如果因为体力稍弱落在队伍后边，总有男生殿后，陪着女生一起慢慢骑；路上需要拍照的时候，男生会先骑上前，然后停好车拿起相机，等到女生骑车经过时拍下英姿飒爽的瞬间；遇到脱链或者爆胎等车坏了的情况，男生们会自告奋勇地帮女生修车调车；大家一起吃饭时，也是 lady first，每上一个菜都会先端到女生面前；每到住宿的地方，洗衣机和淋浴间也是让姑娘们先用，男生再多脏会儿也不介意。

在翻色季拉山时，路上遇到一个徒步搭车的姑娘，短发、体格娇小，似乎还没有她的背包厚实，戴着鸭舌帽，手握两根登山杖，一件天蓝色冲锋衣特别醒目，一步一步走着。我当时拖着队伍里的赵敏爬坡，速度不快，擦身而过时还搭了几句话。姑娘说认得我们，其实昨晚在鲁朗就跟我们是住同一个客栈，见我们浩浩荡荡一群骑行者在院子里洗衣服、修车洗车、聊天闲谈，还一起去吃石锅鸡，好不热闹，她特别羡慕，毕竟作为徒搭者确实比较孤单，很难遇到靠谱的伙伴。一个小时后，我们刚过鲁朗林海的观景台，依旧在翻山，刚刚还在徒步的这姑娘已经切换到搭车模式，坐在一辆面包车里冲我们打招呼，说垭口见。

到了海拔 4720 米的色季拉山垭口，再次见到徒搭姑娘，她正在找别人帮她拍照留念。与我们一路同行的另一个队伍的四个男生也到了垭口。其中一个男生叫五月，正是他在帮徒搭姑娘拍照，他拍完后还跟姑娘聊了几句，然后走过来跟我说："其实我们可以骑车载着妹子，放坡 32 公里直接到林芝，说不定比她搭吉普车还快！"
我心想小伙子很聪明嘛，这个提议靠谱，于是五月跟我挤挤眼："你
去问问妹子搭不搭自行车？你载她的背包，我载她。"于是我便大
大方方走过去："妹子，我们骑车带你下去吧，你的包给我，你坐
那哥们儿的车。"妹子毫不犹豫，欣然同意："这一路还真没搭过
自行车呢！"这时我才回过神来："五月你太狡猾了，凭什么是你
驮妹子，我驮背包？"川藏线这一路荷尔蒙飞扬，年轻的小伙子们
无论含蓄还是奔放，都是妹子们的保护神。

五月载徒步姑娘下山

我用弹性绳把徒搭妹子的硕大背包固定在自己的车后架上，论体积论重量，其实跟驮一个娇小女生差不多了，五月则稍微调整了一下驮包，然后让妹子跨坐在他车后架上，准备下山时，也不忘提醒姑娘："下坡速度很快，抱紧点，安全第一！"我心里给五月同学点个赞，干得漂亮！色季拉山下坡途中可以远眺林芝八一镇，绿色的青稞田，黄色的油菜花，尼洋河蜿蜒其间，藏区江南的风光让人总忍不住停下来拍照。在一处弯道，见五月载着姑娘从我旁边骑过，我说你们不是在前面吗？五月说妹子喜欢拍照，所以时不时会停下来看看风景。我说你们还挺浪漫嘛！无人应答，他们早就飙到下一个弯道了。

到了林芝镇，坡度已经比较平缓，距离目的地八一镇还有14公里，我们在这里休息吃午饭。徒搭妹子怕麻烦我们，跟五月说："剩下一段路还是我自己走吧，今天搭了你们的顺风自行车，比预想的快很多，下午我自己慢慢走3小时也到八一镇了。"大伙儿就纷纷起哄对五月用激将法："有本事接下来14公里也继续载着妹子飞啊！"五月一脸无奈："平路上就真骑不动了。"徒搭妹子听到这话流露出一丝失望，然后，就没有然后了……当天在林芝镇，我们没有等到这个徒搭妹子，后来一直到拉萨，也都没再见到，以至于大家觉得五月辜负了一段美好情缘！

与五月形成鲜明对比的是他们队伍另一个男生阿强，在西藏境内的骑行时间里，一直陪着我们队伍里骑得最慢的那个女生美静，每天都鞍前马后，无微不至！也正是因此，我们队伍跟他们四个男生的队伍，心照不宣地结伴为联谊队伍，同吃同住一家亲！

　　美静是我们队伍的三个姑娘中体力偏弱的一个，骑得慢，但一直坚持，全程几乎都没有搭车，一开始几天队长都是殿后，但的确速度和节奏差距比较大，后来换成何秀丽跟美静一起骑，两个姑娘每天早上总是会提前半小时出发。直到第十一天从芒康出发翻拉乌山时，大伙儿在垭口一边休息一边等人，却只见何秀丽一个人骑上来，问她："美静呢？"她说："在后边呢，有个小伙子一直陪着她一起骑，我也不好意思当电灯泡。"后来我们知道，这个小伙子就是四人男生队伍里的阿强，秉承了川藏骑行最"优良"的品质——重色轻友，任凭三个同伴在前头跟我一起骑得飞快，他只认认真真当护花使者。作为一个体力很棒又年轻气盛的男生，愿意陪着一个女生慢慢骑，是特别用心表现，因为，不按照自己的节奏骑，哪怕骑得慢，也往往会消耗更多的体力。

　　即便这样的行为打动不了姑娘，但也在这一波骑行伙伴中传为佳话。骑行第十六天，八宿到然乌，翻海拔 4475 米的安久拉山时一路缓坡加逆风，非常痛苦，美静跟我们队

队长在布达拉宫前抱起赵敏

其他两个男生就搭车上垭口，这也是她此行唯一一次搭车。如此一来，从出发就一直陪她形影不离的阿强就落单了，他不愿意搭车，只能独自在风雨中翻安久拉山垭口。当时垭口疾风骤雨，气温很低，其他搭车的小伙伴在垭口拍完照片之后就蹬上自行车迅速下撤了；唯独美静迟迟不走，她说她要在垭口等阿强，真是有情有义的姑娘！

我们到达然乌之后，足足等了两个半小时，直到夜色降临前才见到美静和阿强的身影，当时我们其他所有人都已经吃过晚饭了。有一次我还跟阿强建议："你体力挺好，也可以用弹性绳拖着美静骑啊。"阿强一脸羞涩又有无奈："我也想啊，但是她不愿意，所以就陪着她慢慢骑。"

最后一天从松多出发，我们翻越最后一座米拉山到达拉萨。160多公里的路一般是一天骑完，美静自认为体力不足，就分成两天，先骑到墨竹工卡休息一天，第二天再到拉萨。阿强也是陪着她一起，晚我们一天到达。

我们两个队伍的男生女生聚齐之后，买了

酒和零食，围坐在青旅大厅里庆祝川藏骑行之旅圆满结束，三个女生举杯敬大伙儿，感谢男生们这一路上的照顾和陪伴。其他男生则都觉得，骑这么一段漫长而艰苦的旅途，队伍里姑娘的存在，本来就是一件激励士气的事情。于是大家起身，酒杯碰撞在一起："男女搭配，骑车不累。干杯！"

然乌湖

觉巴山一战成名

川藏公路全程经过 14 座大山，垭口平均海拔 4500 米，唯一低于 4000 米的，是进入西藏境内之后的第三个垭口——觉巴山，标高海拔 3940 米。

但是，觉巴山却被认为是川藏 14 座大山中仅次于折多山的第二艰难的山峰。千万年来澜沧江深深切割山岩，从河谷到觉巴山垭口有近 1400 米相对海拔高差，山高谷深仿若一堵巨人之墙立在前方，让人甚至看不清那冲破天险的路究竟在哪里，视觉上给人一种不可逾越的压迫感。隐约可见无尽的"发卡弯"盘旋于陡峭的山体之上，这一段 26 公里的爬坡路成为每一个骑行者的噩梦。

骑行第十一天从拉乌山享受完近 2000 米垂直高差的下坡之后，到达如美小镇却并不是终点，利用午饭之后的时间继续爬升 500 米左右，到达觉巴村的教授山庄入住，才是明智之举，这里也是觉巴山盘山公路的起点。当天晚上大家还比较轻松，洗了衣服、洗了澡，大盆的洋芋鸡让所有骑友饱餐一顿，之后我还贡献出"夜生活神器"——笔记本电脑，放了一部名叫《超能查派》的电影。队友们 10 点前都已入睡，计划第二天早点出发。

刚刚出发就要面临无尽的发卡弯

骑行第十二天，从教授山庄到荣许兵站，向觉巴山发起冲锋。早饭又是一顿狼吞虎咽，兜里还揣了两个馒头当干粮。刚出发面对的就是无尽的"发卡弯"上坡，我体力较好，所以比队友要晚出发一些，码表显示的速度大约是 10 公里 / 小时，2 公里之后，我追上最前面的一个队友——赵敏，她是此次川藏线骑行中被众多队伍的"群狼们"围追堵截的小美女。这时有四个广州的骑友经过，以为我们车坏了下来帮忙，大家聊聊天吃了点巧克力，这时候爱出风头的我，顺水推舟地答应了赵敏姑娘一个玩笑似的建议，就是弹性绳拉着她翻山越岭。

说做就做，我取下一根本用于固定货架和驮包的弹性绳，一头连着我的后货架尾部，一头钩在她的前车架车灯处，这样紧急情况下她可以迅速取下连接绳。不等我们自己的队友赶上，我们便先行出发。广州的骑友中有一个是退伍军人，身材结实肌肉发达，他与我和赵敏同行，为的是用 Gopro 相机记录下我拖着姑娘骑川藏线的罕见之举。其他三个男生撂下一句："我们再休息一会儿，放你们 1 公里，待会儿肯定追上。"弹力绳的牵引力让我骑行所需要的蹬踏力瞬间增到140%，但这依旧在我体力范围之内，就当是负重锻炼吧。

退伍军人的体力不错，一直匀速骑在侧前方为我护航，其他队伍的骑友则被我们不动声色地一一超过——他们的心理变化非常可爱，看到我从旁边骑过时，只是点头致意相视一笑，但当绳子及绳子后边拖着的姑娘就这么慢慢超过他们时，立刻就瞪大了眼睛表示惊讶。有些不服气的男生试图加把劲儿赶上我们，但奈何体力不够只能甘拜下风。

我不时回头问赵敏码表显示的速度是多少，她回答始终是 10 公里／小时。整个川藏线的翻山，我除了在折多山的折多塘休息吃了午饭之外，其他的爬升路段都是中途不休息，一口气骑上去。这次在一个拐弯之后突然发现阻力瞬间变大，几乎蹬不动，回头一看原来是赵敏停下来了。她说骑得屁股疼需要休息一下，因为此前也没预料我竟然会不停歇地一直骑，回头望去，退伍军人另外三个同伴还没影儿呢。他跟我说："我们这速度他们追不上来的，不用骑那么快。"我笑笑："我就是刻意想锻炼一下肌肉的爆发力和耐久力，其实拉着姑娘骑车精神动力还是会多很多。"

到达垭口时，几个已经在垭口休息的骑友，包括摩托车骑友，一边鼓掌一边欢呼我们的到来，说第一次见到拉着姑娘骑川藏线的。我做的第一件事，是脱下不透气的防雨外套和里边的 T 恤衫，顺便拍个垭口裸照。那件纯棉的 T 恤衫已经浸满了汗水，用手一拧哗啦啦地滴下水来，于是我赶紧换上一件干燥的干净 T 恤，以防着凉。从此，那个时期同行川藏线的骑友们都记住了我。看上去特别业余——没有骑行服，穿着灯笼裤还不戴头盔，连码表和骑行手套都没有；但是体力很疯狂，拖着女生队友不停歇地在高海拔地区爬坡翻山，速度还很快。经此一战，我在江湖上被冠以"大神"的名号，此后一路到拉萨，路遇骑友，皆呼唤我为"大神"，尤其是退伍军人他们队伍中另外三个男生，每次遇到我都会双手作揖微微鞠躬，问候一句："大神！"搞得我都非常不好意思。

觉巴山一战成名之后，骑行第十三天，要从荣许兵站出发攻克川藏线上实际高度最高的东达山，20多公里上坡，海拔爬升1200多米。我依然拖着赵敏姑娘，一路狂飙，中途只停歇了两次，一次是素不相识的好心骑友大叔听出我自行车齿盘吱呀呀地响，主动帮我上油，趁机我也换下厚外套以防出汗太多；第二次是距离垭口还有6公里左右赶上第一梯队时，另一位好心的骑友分了我们两罐红牛，还主动帮我和赵敏拍合影。当天上午我拖拽着赵敏成为第一批征服东达山垭口的骑友之二。标高海拔5008米的山顶阴云密布，风雪肆虐，但我脱掉外套时，依然全身发热，滚烫的汗水散发着热气腾腾的白雾。

第三次是骑行第二十天，翻色季拉山，当时我带着赵敏，和其他队友同时出发，队伍里体力不错的队长和高涛两人一直紧紧跟随。随着高度的提升，回首俯瞰鲁朗林海，云雾缭绕如仙境一般曼妙，这多少算是安抚了一下我们埋头苦骑的辛劳。骑了一小时之后他俩最终还是选择停下来休息，说实在绷不住了要喘口气，而我则是一鼓作气带着赵敏直接飙上海拔4720米的色季拉山垭

山高谷深仿若一堵巨人之墙立在前方，让人看不清冲破天险的路究竟在哪里

口，途中经过几个观景台都没有停下。天公并不作美，阴天，看不到一直让我魂牵梦萦的南迦巴瓦雪山，只能跟垭口的海拔高度石柱合个影，一路上跟我们算是联谊队伍的 BYD、五月、杨鹏云三个人跟我聊天，问我几点出发，我算了一下时间这段翻山路大约用了 1 小时 50 分钟。突然旁边走来一个从未见过的年轻小伙，得意扬扬地说他只用了 1 小时 30 分钟。杨鹏云哼了一声，一脸不屑，跟他指指我说："人家是拖着姑娘骑上来的！"年轻小伙便不作声了。

到达拉萨之后，伙伴们一起去纳木错玩，还遇到一车自驾游的，坐在副驾的大哥摇下窗户一脸兴奋地跟我打招呼说："小伙子我记得你，当时色季拉山时你是拉着一个姑娘骑上去的，太牛了！"竖起大拇指冲我晃了晃，我笑笑，看来拖拽姑娘骑车是一件辨识度很高的事情嘛。

像英雄一样走过这个世界

真正向往自由的灵魂绝不会局限于躯壳的残缺。

这次川藏公路骑行，遇到很多旅人，用不同的方式朝向圣城拉萨而行。印象最深刻的是在理塘到海子山的毛垭大草原上见到的一个残疾人，右腿膝盖以下只剩义肢，其实只是简陋的几根木棍而已，看似孱弱的身躯背了偌大一个背包，套着黑色的防雨罩，上边写着"求资助，不搭车"几个字，左脚鞋跟的胶底已经磨穿。雪后初晴，从我的角度看去，世界如此清澈高远，草原和山脉都只是这位英雄的背景，大自然能找到各种方式让人类感受到自身的渺小，但总有一些人怀揣着一颗勇敢的心，一往无前，积累跬步，行走不息，任凭你大山大河亦不可阻挡。

从他身边经过时，我整个人震撼得像是被闪电击中一般，想下车推行陪他走一段，聊聊天，但又不知该说什么；想竖起大拇指说一声"兄弟，加油"，又觉得这种俗套的招呼方式根本无法表达我此刻涌出的钦佩之意。还是别太刻意比较好，我只是放慢速度，从他身旁缓缓骑过，回望一眼，抿着嘴巴，微微颔首，用最用力的眼神向他致敬，算是打招呼。哥们儿倒是挺放松，笑了，扬起头点了一下，算是回应。骑了 5 分钟后我回望一眼，茫茫天地间，他在我的视线里变成了一个不起眼的点，用肉眼都比较难分辨他是否在移动，那是我最后一次看见他。

总有一些人怀揣着一颗勇敢的心，一往无前

有些人你见过之后，回想起来，只剩一种感觉，而不是模样。

身影交错只是片刻，从此相忘于江湖，然而我不会忘记他右腿那根木头义肢撞击柏油路面的"脚"步声。心里某种感动涌上来堵住喉咙，随即我打开手机，切换到我很喜欢的那首许巍的歌"心里总有小梦想，像英雄一样地走到这世界"。让所有在路上的人狂热的，不正是这种英雄主义、浪漫主义的公路情怀吗？

公路情怀，让切·格瓦拉在骑着摩托游走南美大陆的旅行中，遇见了自己的宿命；公路情怀，让阿甘花了两年时间从美国东海岸一直跑到西海岸，不修边幅的大胡子，浑浊但笃定的眼神，感染了一代人；公路情怀，让考瓦斯基驾驶着一辆白色道奇挑战者，不顾警察的围追堵截最后用生命的代价宣扬着自由至上的信念；公路情怀，让20世纪中叶一群欧洲的嬉皮士开着皮卡一路唱"KKKK...Kathmandu"，穿过土耳其、伊朗、巴基斯坦来到喜马拉雅山脉脚下寻找心中的圣地；公路情怀，让一群平均午龄80岁的中国台湾老人，用爬满皱纹的双手和颤颤巍巍的双腿，跨上机车环岛，成就不老骑士的壮举；也正是公路情怀，让中国那么多年轻人捧着心中的西藏梦沿川藏线从成都一直骑到拉萨，跋山涉水，风雨无阻。

而刚刚见到的这个独腿残疾人，真的无法想象他这一路步履蹒跚需要历经多少磨难，他以一种最迟缓、最原始的方式行走在青藏高原，且不借助任何外力，纯粹用自己身体的力量去完成朝圣之旅，是何等的勇敢！

　　之后我遇到很多骑行者和自驾客，大家聊起来，都对这位独腿徒步者印象深刻，他也让许多轻易放弃的人羞愧不已。骑行第六天，在剪子弯山半山腰的相克宗村，我遇到一个长得挺像赵又廷的哥们儿，眉清目秀，器宇轩昂，聊到川藏线一路哪里风景最美时，他说了一段话特别掷地有声："最美的地方肯定是拉萨啊，因为历经千辛万苦最后到达终点时的心情，才是最美的。"我竟然无言以对，这境界相当高哇！

　　然而，接下来的日子里，我在路上遇到过他几次，只不过每次他都是坐在面包车里，自行车却在车顶上捆着……他坐在车里从我身旁经过，隔着车窗四目交错的一瞬，说实话，我满心鄙视。他的行动可不像他的言辞那么激昂。不知道他坐在车里与那个独腿徒步者擦身而过时，会是怎样的心情，如果换作我，一定是羞愧难当吧。我并不想表现得很苛刻，也许每个人的理解不一样，有些人只为到达拉萨，骑行只是手段，所以偶尔掺杂着搭车也无所谓，反正将来都是可以到处吹嘘："老子是骑车走的318！"而我的想法比较极端，单车骑行是一种信仰，追求的是过程——如果中途搭车，那还不如一开始买一张机票从成都飞到拉萨好了，干嘛还要选择骑车这种方式呢？

　　骑行中途有几天，我左膝的旧伤复发，左腿无法用力，翻越宗拉山、拉乌山的时候，就只能单独用右腿发力，一样可以骑，只不过速度慢一点。单车旅行又不是竞速，考验的不是体力，而是毅力，至今我还没遇到什么情况会让自己放弃，以我的性格，腿断了，爬也要爬到拉萨吧。身边的好友里，最佩服一个叫小北京的哥们儿，他是一个非常厉害又特别低调的人，一个理想主义者。一个人，一辆自行车，骑行了 2 年，累积 4 万公里。第一年他几乎绕整个亚洲大陆骑了一圈，第二年从北京出发，横穿亚洲大陆再纵穿非洲大陆，到达南非好望角。第二年一整年的骑行，连同返程机票也只花费了 18000 人民币，日均开销仅仅只有 50 块钱。如果足够热爱，能够坚持苦中作乐，旅行绝不是昂贵的事情，最难能可贵的就是这"坚持"二字。年少轻狂时曾以为这是一个一气呵成的世界，如今走过很多路，遇到很多人，才明白，这其实是一个水滴石穿的世界。

我相信那个独腿徒步者最后一定坚持走到了拉萨，完成单人单腿丈量川藏公路的壮举，这一路他的传奇故事也会鼓舞着很多在路上行走的人。我曾在微博和朋友圈里发过独腿徒步者的那张照片，有很多朋友被他身残志坚的毅力所感动，问我他的银行账号或者支付宝账号是多少，希望能够提供一些物质上的帮助。有一个朋友留言说："这世界上总会有一些人，做着你想做却不敢做的事情，过着你想尝试却没有勇气去尝试的生活。"

所以说，人生要勇于尝试，你不试试怎么知道自己的极限在哪里？

阿里北线

2015 年 8 月

狮泉河—当雄

1450 公里

之前三次骑行都是独自出发
而阿里北线这片荒野之旅的重装骑行
为稳妥起见我还是找了
曾经一起骑行台湾环岛的铁人
与老婆一起前往
同甘共苦、车轮不息
即便是 1000 多公里的"搓板路"让人崩溃
但回忆起来
荒野骑行也许是我最喜欢的旅行方式

还有比这更蠢的决定吗

　　有句话说，"旅行不像表面上看上去那么美好，只是在你从所有炎热和狼狈中归来之后，忘记了所受的折磨，回忆着看见过的不可思议的景色，它才是美好的。"阿里北线之行便是如此，一路上无数次自嘲："骑行阿里北线，还有比这更蠢的决定吗？"

　　有人说已经看烦了阿里北线的"一错再错"，我心想坐在越野车里看一个又一个藏北盐湖有什么资格说"一错再错"？那分明是最正确的选择好吗！骑自行车走这段路才叫"一错再错"，美丽风景的奖赏只是5%的时间里的些许安慰，95%的时间里都是灰头土脸的挣扎！

　　也许最痛的才最留恋，随着时间的推移，我看到日记里当时记录的"疲倦""煎熬""累惨了"这些字眼，已经是"好了伤疤忘了疼"，我关于阿里北线的回忆并不连贯，骑行1425公里，面对各种困难依然不屈不挠地坚持着，

就像谈恋爱一样，最痛的才最留恋，最伤的才最缠绵

这样的经历才值得镌骨铭心。

骑行第八天，洞错湖畔到中仓乡，87 公里的路程并不算远，可是我和同行的好友铁人却足足折腾了 10 个小时，逆风、爬坡、烂路，累到眼睛都对不上焦了。晚上 7 点，我们已经消耗完最后的补给，一罐红牛和一个卤蛋，距离垭口还有 7 公里。用尽最后气力爬到垭口之后，我们以为接下来可以一路下坡 5 公里轻松骑到中仓乡，但现实很残酷，下坡几百米之后还未尽兴便戛然而止，紧接着又是一条看不见尽头的长上坡守候在前方。我心想：剧本不应该是这样啊！狰狞的黑夜迅速降临，迎面吹来的风也变得凛冽，北侧的乌云带着张牙舞爪的闪电一点点逼近，路边的野狗在落井下石地咆哮着。我和铁人都算是体力不错的，面对这样的情况，也只能勉强骑一段推一段。最后 1 公里，我们甚至短暂休息了三次，比跑马拉松时"撞墙"的感觉还压抑。晚上 9 点 50 分我们到达中仓乡，在黑灯瞎火的小村子里总算是靠当地人帮忙找到一间藏式旅馆，推车进屋时，大雨倾盆而至……虽然是简陋的藏家旅馆，好歹有松软干燥的棉被、亮堂的日光灯，还有热气腾腾的青椒土豆盖饭，我们已经很幸福了。

骑行第十天，从阿索乡出发时，我们是迷茫的，虽然总体趋势是下坡，但是无处可躲的硬"搓板路"也让我们没办法加快速度赶路。想到达 120 多公里外的尼玛县城不太实际，

措折罗玛镇藏区牧民家庭旅馆

我们已经做好露营的准备，唯一的问题是，出发时我们没有带够水，别说洗漱，就连喝都不够。沿途倒是能够看到一些清凉的高原海子，大多距离比较远，而且十有八九是咸水湖，于是我们的骑行又多了一项任务，找水！在草原上遇见两户藏区牧民的房屋，我兴奋地骑下路基去探探情况，然而屋门紧锁无人应答，只有一只被拴着的恶犬拼命叫唤，一点都不友好，任务失败。随后又见到路边的一家小商店，孤零零地坐落在空旷荒野里，不仅门窗紧闭，甚至还钉了木条，透过缝隙倒是能够见到屋里有水，近在眼前却够不着，任务失败。铁人说："要不我们还是拦车讨水吧，你脸皮厚你先上。"我很诚

铁人向卡车司机求助讨水

实地表示："面对男人时我其实脸皮挺薄的，还是你上吧。"最后决定一人拦一辆，我拦了一辆拖拉机，上前询问，司机并没有多余的水，只给了我们一盒优酸乳；铁人拦了一辆大卡车，司机递给他两罐红牛和两罐矿泉水，任务终于成功！

　　骑行第十五天，我们从雄梅镇出发时已经比较晚，当天计划是骑 60 多公里，到达 S301 公路在色林错南北线分叉口的清真饭店。顺风骑车 3 个小时之后，满心欢喜地准备停车休息，却发现这个攻略上提到的饭店并不存在，于是我们临时决定直接杀向班戈，也意味着比原计划多骑 60 多公里，"不就是再骑 3 个小时嘛！"我和铁人士气相当高昂。没想到，明明出发时还是顺风，不知从什么时候起变成了逆风，保持 20 公里／小时的速度已经非常吃力，腿部肌肉里乳酸不断堆积。远离色林错之后，风景也变得乏善可陈，脑海里一直惦记的是还有多久天黑，距离班戈县城还有多远，预计几点可以到达，这个预计到达时间，随着困难接踵而至，一再推迟！晚上 7 点，我们已经骑行了 100 公里，原以为剩下的 30 公里再慢

2 小时也能到了，可谁也没告诉我们这最后一段路是要翻山啊！到达第一座海拔 4790 米的拉木错垭口时，我们的午饭以及下午的干粮就已经完全消化完毕，饿得骑不动了，只能靠红牛撑着，没有想象中的下坡，而是一段起伏路。日落时的火烧云非常美丽，像是地狱之门的火焰翻涌，晚霞渐渐褪去时，我们发现前方是海拔更高的 4870 米的垭口，那会儿已经晚上 8 点 40 分了。6 公里的上坡一直逆风，我们只能骑一段、推一段，在黑暗中并排前行。9 点半，我们终于看到了被手电筒灯光照亮的垭口路牌，最后 8 公里下坡到班戈县，也是一路小心翼翼。10 点到达县城时，我俩已然饿疯，找了一家川菜馆一边咽口水一边点菜，土豆鸡块端上来的时候，热泪盈眶啊！

　　川藏线是翻山很痛苦，阿里南线是恶劣天气很痛苦，中尼公路是逆风很痛苦，阿里北线则直接开启噩梦模式，痛苦的根源是——"搓板路"！ 1000 公里的崎岖路面，按每 2 米 3 个"搓板"计算，一共 150 万次颠簸，即便避开三分之二（比如选择下路基去骑阻力更大但相对平整的砂土路），我们也被生生颠了 50 万次。每一次颠簸，意味着视线里的一切都在抖，空荡荡的胃在晃荡，屁股被磨得生疼，而且不是生疼那么简单，是磨到血肉模糊。最要命的还是费力，相比柏油路，前行同样距离，"搓板路"消耗的体力大约是柏

终结"搓板路"骑行经历，我激动得跪下来亲吻地面

油路的 2.5 倍。

第十五天终于告别烂路，我和铁人感激涕零，俯身亲吻脚下的柏油路面，幸福感远超亲吻一个漂亮姑娘……本以为就此苦尽甘来，老天爷偏偏要捉弄你一番。接下来雄梅乡到当雄县 300 多公里，4 天的骑行时间里，几乎全是逆风，最后熬到那根拉山口时，那些前往纳木错的游客兴奋地要与我们合影。他们的表情轻松而亢奋，而我们则是一副生无可恋的模样。

此外，阿里地区全程 4500 多米的高海拔、多变的天气、沿途简陋的补给条件，以及无人区的存在，都让骑车旅行变得困难重重。我们对于生活的需求降至最低，不挨饿、不受冻就很好，至于吃什么、睡哪里，无所谓！我们一共只洗了三次澡，都是在"大"县城：改则、尼玛、班戈。最主要的食物是方便面，其次是藏式茶馆独特风格的青椒土豆盖饭，能吃上川菜馆的家常炒菜那简直是奢侈！

1425 公里，干枯的河床、沙化的草场、湖边的湿地滩涂、龟裂的土坷垃路、堆满砂石的便道……空气稀薄地带尽的荒原里，路途艰难，大自然成为主宰，渺小如我们只能依靠身体的力量，如蝼蚁般划过这片人迹罕至的空地，把车轮印在大地，把视界抛向远方。

所幸的是，这里有那么多美丽的高原湖泊，有那么多藏羚羊、藏野驴、兔子、狐狸在我们视野里生生不息，有那么多令人叹为观止的视觉冲击，足够了！就像在第二天骑行路上，我和铁人突然停车惊呼，他指着天上说："快看，双日晕！"我指着地上喊："你看，藏羚羊！"于是我们撇下自行车，奔向荒野……

回忆起来，这样的旅程往往更美，无论有多艰难，无论有多痛恨自己"花钱买罪受"，回头看看，还是觉得很值！等以后老了，再看到"Into The Wild"这样的字眼，我都可以有这段疯狂的燃情岁月作为念想。

很多人问我关于阿里大北线的骑行有什么攻略或者建议吗？我的建议是，不要骑行，因为这将会是一次无比痛苦的体验。

"搓板路"也有春天

　　开始骑"搓板路"的时候是骑行第三天，从革吉县到雄巴乡，104 公里，故事　波二折，开头是不知所谓的正剧，中间是山穷水尽的悲剧，结局是柳暗花明的喜剧。

达则错

我们中午 12 点才出发，并不是因为睡懒觉，而是因为前一天吃晚饭的时候点了两个菜，腊排骨萝卜汤分量太足，以至于后上的那盘西红柿炒蛋几乎没怎么动筷子，于是打包存放于冰箱，跟那家餐馆老板说好了第二天早午饭还去他那里吃，顺便把剩菜热一下。餐馆上午 11 点才开门，我们从容睡到自然醒，掐着时间去餐馆，点了两碗汤面，就着西红柿炒蛋和几块腊排骨，吃得肚子很撑，裤腰带都得重新松一松。这是整个阿里北线之行最饱的一顿早午饭，感觉不会再饿了。

铁人骑行在荒原

然而我们远远低估了"搓板路"的困难程度。

12点出发，离开革吉县，我们从此便告别了柏油路面，接下来1000多公里，全是渣土路或者"搓板路"，心里涌起一股"此恨绵绵无绝期"的悲凉。骑了500米左右，我就发现这只剩"搓板路"基的省道根本没法骑，连人带车颠得叮当响，眼前的世界一直是抖动的。平路无风情况下，柏油路轻轻松松25公里/小时，在"搓板路"上只有可怜的10~12公里/小时的速度，这种折磨不仅是肉体上的，也是心理上的。我们骑着骑着就忍不住想爆粗口！更别提偶尔有往来的大卡车或吉普车，呼啸而过时扬起的沙尘总会让我们享受一次小小的沙尘暴洗礼。笼罩着我的不仅仅是灰尘，还有一个心理阴影。

与"搓板路"硬碰硬是不行的，震动幅度太大，这样骑下去，不出100公里车架必然颠坏，全身上下骨头也得颠散架。我们只能在路基边缘稍微平整一些的地方骑，哪怕代价是碎石多、骑得更费劲一些，实在不行就直接下路基，在荒原上沿着大货车车辙的痕迹前行，无论沙土路还是盐碱地，总比"搓板路"强。偏偏还是逆风，到下午2点第一次休息时，我发现我们拼命骑了两小时却只骑了24公里。不知道铁人心里作何感想，我开始担心，按这个速度得晚上9点才能到达雄巴乡，还得考虑刚刚出发这段时间是一天中体力最好的时候，越往后只会越累。

白羊座向来心急，我骑得稍微有点赶，铁人被我落下越来越远，骑个三五公里，我就不得不停下来等他，等待的时间我也是被焦虑折磨，风景再美也无心欣赏。那天铁人的感冒已经好得差不多了，却出了别的状况——他车座上的海绵垫不知什么时候脱落了。铁人久未骑行，他的屁股可不像我的这么皮实，二十几公里的烂路下来，他靠近臀部的大腿内侧已经被磨破并且血肉模糊，每踩一下脚踏板都很痛苦。这种情况下我还揶揄队友："你看我的屁股就很耐磨，从来都不穿什么骑行裤，一条从大理买的薄薄的花裤子穿身上照样骑，完全没感觉。"铁人白了我一眼："你都在外面旅行快两年了，也骑行了好几次，当然习惯了！我都很久没有骑长途了！"确实这"搓板路"太颠了，每分每秒屁股都在承受自行车鞍座的冲击和摩擦。

这一路几乎也没有太多沿途风景可以看，骑了30多公里后，我在路边休息，跟一队从青海过来的修路工人聊天，找他们讨了一点热水，顺便等等铁人。那会儿已经快4点了，他们语重心长地跟我讲："你们今天很难骑到雄巴乡，不如上我们工地那儿过夜，管吃管住！就在距离这里不远的1179公里路碑处，还有20多公里就到了。"这个建议不仅颇具诱惑，而且也合理，但我和铁人商量了一下决定还是按原计划前行，哪怕骑到天黑。铁人的口头禅是："尽量骑呗。"

接下来顺风多一些，并且我们渐渐适应路况，心理上也"既来之则安之"了。事实上我们一直在爬缓坡，看了一下

独行骑友，我，铁人

导航高度表，不知不觉都快海拔 5000 米了，也许我们注意力都集中在与烂路进行残酷抗争，却忘了爬坡这个事实。骑到 39 公里时我们遇到一个独行骑友，当时见到陌生小伙伴第一感觉就是亲切，先追上去打个招呼再说，一边骑一边寒暄几句。聊天中我们得知这位兄弟 28 岁，哈尔滨人，在哈工大读博士，之前在东部地区骑行过 1 万多公里，也是个经验丰富的单车骑士了。他第一次挑战高原，就选择阿里中线，也让人颇感意外。

当时情况很有意思，独行骑友正在路基右侧的草场上骑，我在路基左侧的荒野里骑，不一会儿铁人竟从后边赶了上来，他在路基本身的碎石路上骑。我们都觉得自己所骑的地形最省力，希望说服其他人换道，最后铁人赢了。原来这段路的烂路基已经被施工队的压路机轧过，比较平整，怪不得他能后来居上。于是我们三人在路基上并排骑，聊着天。独行骑友说他早上 8 点半就从革吉县出发了，状态不好骑得挺慢，我和铁人都不好意思说我们其实 12 点才出发。哥们儿还怕拖累我们速度，我们就问："今天打算骑到哪？"哥们儿说："雄巴乡。""跟我们一样，那就一起骑呗。"毕竟到达雄巴乡之后，他便会和我们分道扬镳走阿里中线，这是我们阿里北线整个 19 天行程里，遇到的唯一一个骑友。

下午 6 点左右，我们到达之前修路工人提到的 1179 公里路碑处的工地，并未停留，西边的天空乌云密布，眼看暴风雨就要铺天盖地地席卷过来，远处我们刚刚经过的地方已经下起了冰雨。三个人丝毫不敢懈怠，借着顺风开始爬坡，半小时后终于到达海拔 5010 米的垭口。这时我们才骑了 55 公里，也就是说时速 10 公里都不到！前面还有 49 公里等着我们，稀稀落落的雨夹雪已经开始在空中飞舞，我们换上厚实的衣服，准备下坡。

今天的悲催境遇终于告一段落。接下来这段下坡是整个阿里北线骑行最舒服的体验：虽然是砂石路，但路被碾压得比较平整，并且这段路是缓下坡加顺风，一种极端理想状态——既不用蹬踏板，也不用捏刹车，完美地将重力势能转化为车身动能，我们保持 35 公里 / 小时左右的速度，悠闲地哼着小曲儿一路飞驰。在海拔仅下降不到 500 米的情况下，我们行进了 28 公里！坡度其实很小，对比一下川藏公路上的怒江 72 拐，前 28 公里的下坡，海拔就下降了 1500 米！也就是说坡度太陡只会让能量浪费在刹车上，缓坡带来的才

铁人骑行在荒原

是持久的放坡愉悦感。下坡结束后，我们又乘着小风轻松飙了5公里，一看时间才7点半，还有一个半小时天黑，仅仅剩下16公里的路要赶，我终于不再焦虑。

接下来就是边骑，边玩，边拍照了，一段渣土路的上坡地带，远方是一片片厚重的积雨云和天地间的暴风雨帘，像是云朵坠落在大地，令人惊叹。独行骑友时不时拿出军用望远镜搜索荒原中迁徙的野生动物，我和铁人表示："哥们儿你的装备还真是齐全，早知道我也应该带一个 300mm 的长焦镜头！"傍晚夕阳的光线开始变得柔软，以地平线为界，冷暖色调相得益彰，再配上我们三个自行车骑士饱经沧桑的面孔，尽显"千帆过尽云淡风轻"的姿态。

最后我们在 8 点 50 分到达雄巴乡，太阳刚刚从地平线上落下，天空的云还是金色，我们找到雄巴乡唯一一家藏家旅馆安顿下来，晚上一起去当地唯一一家川菜馆吃了一顿，荤素搭配还有汤！早已饥肠辘辘的我们面对热腾腾的晚饭，喜极而泣！回想一下真是上天眷顾，如果不是最后那段非常惬意的 28 公里平缓下坡，估计我们天黑都骑不到这儿，与阿里北线"搓板路"初次交锋，我们低估了骑行难度。

夜里，我和铁人请独行骑友喝了两杯，算是告别，他也很感激："如果没有遇到你们，我估计今天骑不到雄巴乡。"我拍拍他肩膀："如果不是最后那段长下坡，估计这会儿我们三人都还在荒郊野外摸黑骑车呢！你一个人骑阿里中线太厉害了！以后有机会一起骑车旅行！"萍水相逢于荒原之上，我们自然会结伴一程，没有什么彬彬有礼或者虚与委蛇，既然明天就要分别，天各一方，那么今夜我们只需饮酒开怀，相送一句——人生何处不相逢。

藏北牧民好可爱

　　大多数藏区牧民世世代代扎根于藏北这片土地上，过着近乎与世隔绝的生活。外面的世界，他们也许穷尽一生也不曾看过一眼，只能通过报纸电视窥见一斑。对外来者，他们是好奇的，大多数游客都在越野车里匆匆而过，他们见到的不过是一个拖着尾气和灰尘的钢铁躯壳；而作为骑行者，我和铁人无论走到哪里，都是当地人瞩目的焦点。

有些人遇见了可能一辈子都不会再见，回忆起来的时候，那些脸已经模糊，但相遇时的感觉却深深留在了我的心里

我们与当地人语言不通，只能靠手势和笑容交流。他们非常淳朴，表达好客和友善时，往往用最朴实的方式——频繁地给你倒水或者是酥油茶。明明杯子是满的，他们还是会提着水壶走过来，能加一点是一点，冲着你憨厚地笑着。随便路过一个乡村，我们只不过钻进小卖部吃碗泡面、买点干粮，都会被当地人围观。

骑行第五天，我们中午在文布当桑乡的一家小卖铺休息，买了一些干粮冲了两碗泡面，感觉整个村子的村民都凑过来"参观"了一番，看一看外来者的稀奇模样，胆子大的还会拨弄拨弄自行车、捏捏刹车、掰掰变速器什么的。最可爱的是那几个女人，她们直挺挺地站在小卖铺门口，也不怕挡着路，就跟看马戏一样，饶有兴致地看着我和铁人吃着泡面。天呐，我们在吃泡面，不是在变魔术，用得着这么目不转睛吗？说是直勾勾的眼神也不算，可当我们用笑容做出回应时，她们就会闪躲，待我们再转过头去，用余光察觉她们又继续在看着我们，不说话、不表达，只是看，很有意思。吃完泡面之后我走到外边抽烟，其中两个女人也随我走到院里，隔着3米左右的距离继续打量着，我尴尬地说了一句："我们骑车过来玩的。"边说边指指自行车，她们看了一眼车，没有任何回应，又接着看我，火星都烧到烟屁股了，也没打破这"谜之沉默"。

她们就这样目不转睛地看着我们，我尴尬地说，我们骑车过来玩的

9月3日，骑行第十五天，雄梅镇，我们吃完早午饭准备出发，铁人"中彩"，前轮爆胎，我俩就地在饭馆门口的路边修车。整个过程半个小时，一开始只有一两个人围观，慢慢地陆续有人加入，最后有十来个当地人围观我们拆卸换胎！我说乡亲们，这会儿不是应该在家里看电视吗？反法西斯战争胜利60周年大阅兵啊！我们换个胎而已，不是真人秀节目啊！换了新轮胎之后，我们开始用袖珍气筒打气，他们看着我和铁人气喘吁吁的样子，主动凑上来帮忙打了两下，又不敢太用力生怕弄坏了我们的气筒，在他们眼里这都是稀奇玩意儿。最后，我们顺利上路时，他们还爆出一阵有点矜持但像极了起哄的欢呼声，目送我们离开。

这一趟阿里北线之行，遇到更多的，还是给予我们帮助的陌生人。

第一天出发前，在一家重庆人开的餐馆吃饭，老板和老板娘一直跟我们聊天，我们也借机询问着在哪里可以买到汽

当地人围观我们换胎，顺利上路时，他们欢呼着目送我们离开

油，因为我们用的是油炉，在西藏，除非是司机去加油站，否则很难买到汽油。这夫妻俩就帮我们联系了一家当地卖生鲜蔬菜的店家，卖给我们一升汽油。从雄巴乡去盐湖乡的路上，遇到一群修路工人，以半月形的阵势围着我们寒暄，说如果早来一天，可以带着我们一起开吉普车去荒原上追藏野驴，还说他们是为了赚钱来这受罪，而我们则是花钱来受罪，最后非要拉着我们去他们工地上吃午餐。在改则县城，我们的晚饭和第二天出发前的早午饭都是在旅馆旁边的一家川菜馆解决的。早午饭那顿，除了我们点的牛蹄筋和冬瓜汤之外，

老板娘还额外送我们一盘凉菜，结账时也干脆抹去了零头，还帮我们打包剩余的菜，又去盛了两碗米饭一同打包，嘱咐我们这一路过去条件艰苦，一定要吃饱。快要到达纳木错乡的那天傍晚，我和铁人因为一整天的逆风骑行疲惫不堪，坐在路边休息，顺便欣赏一下远方的念青唐古拉山，一辆车经过时司机停下来问我们是否需要帮助，肠胃空空的我们厚着脸皮问有没有吃的，坐在副驾驶的哥们儿直接递过来一大袋呼伦贝尔的牛肉干，说了一声"加油"，车就开走了，那是我这辈子吃到的最好吃的牛肉干。在措折罗玛镇，我的眼睛被紫外线晒得很痛，中午吃完早午饭准备离开时，我拿着主人家客厅里的一副墨镜想买下来，一边掏钱，一边示意自己

雄巴乡附近的筑路工人热情围观铁人

的眼睛很难受。谁知母女两人非常爽快，直接把墨镜送给了我，并摆手表示"不要钱，不要钱"，看着我戴墨镜的样子还一边笑一边竖起拇指表示好看，我感动到无言……

还有两次投宿藏区牧民家的经历我也记忆犹新。

第一次是骑行第七天在洞错湖畔，我和铁人已经做好了湖边露营的准备，放下自行车去洞错湖边等待欣赏日落美景。一直到太阳落山，看着周围的草场上散落着一些牧民房屋，我和铁人就盘算着一会儿去哪间烟囱冒着烟的房子问问可否让我们打个地铺，毕竟再破的房子也比帐篷宽敞舒服。谁知我刚刚把自行车扶起来，就见一对藏民父子骑着摩托车径直冲我靠过来，虽然语言不通，但是看手势意思是让我们去他们家住。我们便跟着他们进了家门，大厅里炉火烧得正旺，两个孩子嘻嘻哈哈地玩铁人的手机，我把中午打包的牛蹄筋和饭放在炉子上热，全家人里只有上小学的大儿子会讲一些汉语，还拿出课本来让我们考他一些汉字词语。女主人频频给我们倒酥油茶，男主人和他小儿子一直坐在我旁边看我用电脑导照片修照片，当看到他们自己的照片时，只是憨憨地笑着。牧民家没有通信地址，我连把照片洗出来寄给他们的机会都没有，早知道应该带一个拍立得。我们被安排在一间偏房里，用房屋角落里堆积的棉絮打地铺，比帐篷睡袋舒服多了！

第二次是骑行第十天在距离尼玛县 25 公里的荒原里，我们一边骑一边观察合适的露营地，忽然发现远处草原上一处阴影疑似牧民房屋，于是用相机长焦段拍了一张，在屏幕显示器上放大看，确定是房屋，就毫不犹豫地走直线骑过去。运气很好，这唯一一家亮着灯的牧民人家收留了我们。其中一个女主人是个美人，刚刚怀孕不久，另一个女人的孩子长得颇像韩国小朋友。我们吃着自己带的方便面、卤蛋和鸡腿，

在藏族人家，女主人一遍遍地续着我们面前的酥油茶

一家人耐心等着我们吃完，才开始他们的晚饭，竟然也是方便面，而且是那种塑料包装的特别便宜的杂牌方便面，用开水泡一下，就着几根青稞面炸的"油条"，特别清贫。我和铁人从包里翻出几个已经压瘪了的蛋黄派递给她们家孩子，小朋友吃得特别开心，男人们抽着烟也会分给我一根，妯娌俩也不知该怎么招待我们，只是煮着酥油茶一杯又一杯地给我们倒……晚上我们住的是柴火棚，里面堆满晒干的羊皮、破轮胎、尿素肥料、牛粪堆，铺着厚厚一层灰尘。屋顶有一个洞，满月的白光倾泻下来，还挺浪漫。在阿里人烟稀少的原野中，一方简陋的屋檐，就是我们心中最奢华的驿站。

想到这些，我总是会心一笑，满满都是知足，在那片每平方公里不足3个人的地区，人与人之间的距离却是如此之近。

其实这一路除了改则、尼玛和班戈三个县城，其余落脚点基本是乡村甚至是荒野中零散的牧区藏民的房屋，也正因如此，这次骑行才显得温情脉脉。

阿里归来难为"错"

　　阿里北线最典型的地貌是海拔 5000 米左右的戈壁和荒野，偶尔有起伏的山峦，而最美的风光，就是散落在这片荒原之上的那数以百计的盐湖，每一片湖的风光，都足以秒杀西藏以外任何一个湖泊。在藏语中"错"就是湖的意思，大部分游客接触的西藏高原湖泊主要是纳木错和羊卓雍错，远一点的会看到神山圣湖的玛旁雍错，而阿里北线经常被冠名"一错再错"之旅，因为这一路上的高原盐湖风光，是接连不断的精彩。

目标：聂尔错

从狮泉河出发，一路是阿里地区典型地貌：高原丘陵和沟谷，还有河流（森格藏布江）；直到此次骑行之旅的第四天从雄巴乡出发时，才初遇北线骑行的第一"错"——聂尔错。实际上刚出雄巴县城没多久，在公路的南边不远处，就有一汪湖水，并不大，两片湖面加起来1平方公里都不到，但由于光线和角度，湖面像镜子一样倒映着天光云影。因为是此行见到的第一片湖，我和铁人异常兴奋，把自行车停在路边，两个人背起相机就往湖边一处小山丘上走，想从更高更近的地方一览全景。

接下来，我们开始翻越第一座山口，爬升500多米后到达垭口，下坡时，远处一片鲜艳的蔚蓝就这么猝不及防地闪现在视野中，心情瞬间变得激动，那就是传说中的聂尔错了，我们一路放坡，冲着聂尔错飞驰而去，还一边观察着周围是否有比较好的山丘高地可供攀爬。毕竟，居高临下才是观湖的最佳视角，就像纳木错扎西半岛的山，还有喀纳斯湖的观鱼亭。我们沿着301省道绕着湖边继续前进，并从地图上判断公路什么时候离湖边最近，最后发现

聂尔错油画般的风景

有一段路平行于湖边，大约距离湖面 3 公里，是距离聂尔错最近的地方，于是我们就开始爬公路南边的岩山，山顶信号塔的位置一定视野开阔。

也许是第一次见到藏北大盐湖无比兴奋，所以即便骑行本身已经十分辛苦，我们还是完全不吝啬体力，去攀登一座路边垂直落差有 100 多米的野山。在空气稀薄的地带，每爬几步都会有点喘，大约花了 20 多分钟我们才爬到山顶，山上本没有路，我和铁人爬过，也就形成了两条路。登高望远，远处聂尔错的风光可谓惊艳，本身浅蓝色的湖水就如油漆一样质感十足，湖边是白色的盐碱地和红色的沼泽地植被，连接着黄褐色的大地，偶尔草场茂盛的地方是浅绿色。如此色调已经足够醉人，天空斑斓的云朵飘过，阳光让这画布一般的风景更加增添了天光云影的层次分明，这才是我最喜欢的星球表面，这也是我见的最风情万种的湖泊之一。是的，在几天前开始做骑行准备研究攻略时，我才知道聂尔错这个名字，而此时它已经成为我生命中再也无法忘记的名字，只怪其过分美丽。

俯瞰下去我们的自行车已经很渺小，偶尔也能见到几辆自驾游的吉普车，可是又有谁会像我们俩一样疯狂，为了更棒的视觉体验去登顶路边的无名荒山呢？不仅如此，下到公路重新开始骑车没多久，我们又盯上公路北边湖畔荒野里的几头藏野驴，因为没有望远镜也没有长焦镜头，只能尽可能去靠近这群野兽，就像罗伯特·卡帕所言："你拍得不够好，是因为你离得不够近！"野驴不像藏羚羊那么胆小，但警觉性也挺高，我和铁人避免面对藏野驴群的直线方向，而是采取"之"字形迂回慢慢靠近，甚至连视线都避免与其直接接触，一副"我只是路过，你们尽管吃草，当我们不存在"的模样。我们哼着口哨装作漫无目的散步，以为自己不去注意对方，对方也不会注意自己，谁知我们真是太傻太天真了，一旦进入警戒距离，藏野驴总会有所察觉然后离开。我们距离野驴群最近的时候大约30多米，为了能够近距离接触阿里荒原的野生动物，徒步这么几公里也是值得的。

当天傍晚到达盐湖乡，为了居高临下看大盐湖和扎普错，我跟铁人又一次离开公路徒步到一处经幡飞扬的乱石岗，看着整片盐湖

阿里荒原

巷如同细碎的积木一样凌乱铺陈在镜子一般的大盐湖旁，也感慨着世界之浩瀚、人类之渺小。这一天有点兴奋过度，不仅骑车 94 公里翻越了 2 座 5000 多米的山，还徒步了数公里、攀爬了 4 座路边的小山。如此巨大的体力消耗，让我们心安理得地在盐湖乡一家清真餐厅大口吃着羊排、喝着羊汤，心情其实很亢奋，因为终于要拉开骑行时"眼睛在天堂"的序幕了。"一错再错"的风光便是艰苦旅行最好的奖赏。接下来几天里，别若则错、物玛错、达热布错、无名错、吓嘎错、洞错一路相随，串成这片北方空地上的一条蓝宝石项链。

在洞错湖畔，我们被当地湖边牧民收留，夜晚推开屋门来到外边，月亮尚未从东方的旷野中升起，星光映着湖水，万籁俱寂，似乎能听到来自宇宙深处的脉搏，与这高原远

阿里星空

物玛错

古湖泊的潮汐声起伏呼吸。那样的情境很容易让人忘却自身的存在，我们只是这万千生灵里的卑微存在，岩石、潮汐、日落月出，才是永恒。想起之前看到的一句话：

"你身体里的每一个原子都来自一颗爆炸了的恒星。形成你左手的原子可能和形成你右手的来自不同的恒星。这是我所知的关于物理的最有诗意的事情：你们都是星尘。"

眼前的星尘湖泊，按劳伦斯·克劳斯的这句话的理解，或许本来就没什么区别。盐湖畔看似生命禁区，水虿、卤虫、钩虾，这些微弱生灵，却一直在这里生生不息，刚毅地朝向天际。

洞措乡到尼玛县这段骑行在高原丘陵，少有蓝色湖泊，海拔6822米的夏康坚雪峰算是弥补了风景上的缺憾。从尼玛县出来之后，达则错、恰规错、吴如错、色林错、错鄂、巴木错、纳木错，藏北盐湖之美又开始一发不可收拾，高潮无疑是色林错——中国第二大咸水湖，西藏第一大湖。阿里北线骑行的第十三天我们到达色林错湖畔西边的布嘎村，接下来连续两天都可以看到色林错，沿着阿里北线301省道有很长一段路都是沿着湖畔而行，甚至有一段路是从色林错和错鄂两湖之间经过，陆地宽度仅仅只有50米。事实上古色林错面积曾达到1万平方公里，因为地质以及气候变化，湖泊退缩并分离出格仁错、班戈错、吴如错、恰规错、错鄂等大大小小近十个盐湖。

第十四天从布嘎村出来20公里左右，会见到湖畔南边一座小山，到这座山的垭口便可以看到色林错和错鄂两大湖一线之隔的景象。不过在此之前，我和铁人离开公路路基，沿着草地骑到湖边的山脚下，放倒自行车拿了一罐红牛就开始登山，铁人先上去，我则忙着给湖畔一队自驾游的驴友拍合影。为了表示对自行车骑士的敬意，他们送给我两罐啤酒、四罐红牛。我拎着啤酒开始爬山追赶铁人，站在高于湖面40

米的地方时，景色已经美得不像话了！我和铁人喝了点啤酒休息了一会儿再继续往高处爬，最后大约到达了垂直高差 100 米的地方，极目远眺，这个世界都是蓝色的，我和铁人预言等阿里北线公路修完，这边的旅游越来越热时，我们所站的地方会修成一个观景台。看过很多色林错的照片，都远远不及我们此时此刻的上帝视角。

卡尔萨根说过："只要你在绕地轨道上花一点时间凝视大地，心中铭刻最深的国家主义观念就会开始消逝。"当站在这遗世而独立的星球一隅，看着眼前所有的古老与壮阔，便会忘记那些世俗狭隘的执念。生而为人，对我而言，最重要的事情，就是好好看看这个世界。

达热布错

一切都是命运的安排

　　整个阿里北线骑行最难忘的一个夜晚，是在色林错湖畔的布嘎村。这个稀稀落落只有几间屋舍几片瓦的小村庄，无论是攻略上还是地图上，都没有被提及，在我们亲身到达之前，并不知道它的存在。

　　是夜，银河倾落，阿里北线如同在异星球般的原野中，我和铁人拎着拉萨啤酒，一醉方休。借着微醺喃喃自问："我们为什么会在这里？"也许命运早有定数，一切都是最好的安排。我们性情中人都有一份"仗剑走天涯"的躁动不安，所以我们的灵魂和肉体注定会来到这片荒芜的远方。

　　傍晚我们到达这家偏安一隅的藏区牧民小屋，女主人是一个脸色惨白得像是刷了一层粉的藏族老嬷嬷，她让我们住在类似于储物间的一间屋舍。当时我们考虑的已经不是这床单被罩有多少年没洗过，而是屋子里充斥着的血腥的气息——屋子正中央是一张长条桌，被距离不及半米的六张床榻环绕，桌子上摆的是一个血淋淋的牦牛头，应该刚刚宰割没多久。我仔细打量了一下牛头脖颈的断面，气管血管清晰分明。靠近门口的一侧地上铺了一张席子，上边摆了各种牦牛的五脏六腑和皮毛，因为天气寒冷的缘故，并没有什么异

味。我心想着：嘿，这次住的地方挺特别。铁人还是终究不习惯与大型动物尸体为伴睡这一宿，所以恳请"白面老嬷嬷"至少把这只血淋淋的牛头给拿出去，他还反问我："难道你不怕吗？"我说："只要不是人头我都可以接受，反正晚上关了灯什么也看不着。"

晚餐还是方便面加卤蛋，管饱就行，反正有拉萨啤酒安慰。夜色降临之后，打开屋门，银河倾泻下来，月亮尚未升起，星云光辉熠熠，拍了几张照片，觉得还是屋里暖和。其实骑行的日子里，夜生活非常匮乏，晚上一般吃完饭也就是看电影、写日记，收拾一下很早就睡了。我每天都会喝啤酒，铁人偶尔陪我喝点儿。但是色林错布嘎村这个夜晚，刚巧原来准备看的电影文件有点损坏，播了20分钟之后就戛然而止，而我们的睡意尚未袭来，长夜漫漫，不如喝酒。我们找这户藏民家老嬷嬷又多要了几瓶拉萨啤酒，房间里只有一盏节能灯，微弱的光线有助于铁人尽可能忽略这房间里哺乳动物血淋淋的器官。

骑行了十几天，两个人还没有好好喝一次酒。铁人自4年前中尼公路骑行之后再也没有骑车旅行过，于是我决定找他一起走这段阿里北线。之前的中尼公路、阿里南线和川藏公路我都是一个人出发，觉得路线成熟一个人应付没问题；而阿里北线之行我从未想过一个人去冒险，最靠谱的伙伴当然就是铁人，他体力好，也有高原骑行经验，我们还一起搭档骑过台湾环岛。我跟铁人碰了一下酒瓶，说："此时此刻在这里喝酒，很特别也很尽兴！"

铁人问："你还记得盐湖乡清真饭店那个回民小伙子吗？"我说我记得。10天前我们在盐湖乡找到一家青海回民开的餐馆旅社，条件虽然简陋，但竟然还有 Wi-Fi！餐馆的食物也超赞，一大盘手抓羊排，蘸着辣子椒盐吃，指间都是香味。那天晚饭时我出去买了两瓶啤酒，回民小伙子说餐馆里不让喝酒，我说我不喝，吃完回屋喝，他说那也不行，不能带酒进来。我只能先把啤酒拿回屋里，心里琢磨着这个回民小哥不太好相处，铁人在饭桌上被辣椒呛着了擤鼻涕，声响有点大，那个小伙也是直接冲我们喊了一句："这里是吃饭的地方，你擤鼻涕去外边擤！"态度有点蛮横。

后来晚上我和铁人在屋里喝啤酒时，这个回民小伙子居然不请自来，到我们屋里跟我俩聊天，他就一直站在门口，一边打听我们的旅行，一边讲述他自己的人生：他们一家子都是格尔木的，千里迢迢来这里做生意挺不容易，他干厨师，一年忙到头，只有到了冬天会留几个人看店，其他人才可以回家过年。他才 21 岁，但是已经结婚了，并且有一个孩子，他的婚姻是父母安排的，对于 18 岁那一年的他来说一切都是天经地义——父母之命，媒妁之言，他老婆与他同龄，生得好看，又特别贤惠，在餐馆里一边带孩子一边帮忙打理杂务。他不曾去看看青海和西藏以外的世界，所以对我们两个北京来的年轻骑行者，很好奇，兴致勃勃地听我们讲述过去那些年里的旅途见闻，看我们手机和相机里这个花花世界的照片，目光分明带着羡慕，又有一些无奈。大约聊了一小时，他离开时小声咕哝了一句："我以后也要去那些地方看看。"没过一会儿他又帮我们拎了两壶开水搁房间门口，看得出来他意犹未尽，还想再多跟我们谈谈心，但怕打扰我们休息还是回去了。

关于那个小伙子，回忆到这里，我跟铁人又干了一杯："或许他觉得有选择的人生会更好。"铁人跟我开玩笑："好歹那小伙已经结婚生子，你呢？"我回击他："说得好像你已经结了婚似的！不过话说回来，人家是 18 岁结的婚，我 18 岁那会儿还在追我初恋呢，差距啊！"

我们又各自聊起了中学时代的初恋往事，铁人在初恋之前喜欢过一个姑娘，但是他的兄弟刚巧也喜欢那姑娘，铁人还帮他兄弟递了情书，我帮他配旁白音——"你是不是傻啊！"他后来在北京谈过一个台湾女友，正是因为跟这个台湾姑娘的感情结束，他黯然神伤之后独自逛进南池子大街的诗意栖居咖啡馆，才认识了现在这么多年一直陪伴他的一群伙伴，我也是在咖啡馆与铁人认识，一见如故。2012 年，

我们一起骑台湾环岛时，他当时的动机很简单，就是为了独自去完成原本要跟前女友约好的两个人的旅行，像是比较俗套的"你离开我，就是旅行的意义"这个桥段。后来骑到他前女友的故乡宜兰时，铁人君真的怅然若失，迟迟不愿离去，告别总是没有想象中那么容易。

我也借着酒精唏嘘了一些曾经年少不解风情的往事，挺感慨，我说自己过去也是那种老实、靠谱、专一的理工男，后来一次次感情失意，心里也就慢慢荒无人烟，然后习惯于一个人放纵不羁的生活。我还调侃铁人："不像你，我没有任何一次旅行是因为跟曾经相爱的人的约定，不过每当回首往事，我总会把所有浪迹天涯

的时光，归结于命运使然，也许 10 年前初恋姑娘的一条短信，我回复 Yes 而不是 No 的话，说不定我也跟那个回民小伙子一样，早已结婚生子，在航天集团某个研究院工作，过着跟大多数人一样稳稳当当的生活。"说罢我仰头喝了一口啤酒，人生如此，拿酒来！"对啊。"铁人明白我的意思，"如果是那样，你也就不会 Gap Year 旅行，不会到处勾搭姑娘，也不会有这次阿里北线单车穿越之旅了！"

我们就这样喝酒，天南海北、漫无目的地闲聊。或许不是我选择了漂泊的生活，而是漂泊的生活选择了我。

人生无论怎么选择，都是对的，最后能够自圆其说就行，我也会一直在心里去说服自己，过去 10 年这样一路走来真的很棒！我仰起头又咕咚咕咚喝了几大口，小小煽情了一下："我很庆幸 2015 年 9 月 1 日这个夜晚，自己出现在这里，这个星球表面海拔最高的一片荒野。我要感谢曾经的我，选择了充满未知和不安的生活，否则的话，也许我一生都不会有机会经历这样的一场旅行。"铁人的情绪也受到了感染："我也挺感谢那个台湾前女友，因为她的离开，我才走进那家咖啡馆，遇到你们这一帮小伙伴，还有之后很多次的一起旅行。"是的，我们现在的样子里，藏着的都是曾经走过的路、读过的书、爱过的人。

如果有平行宇宙的话，不知道另一个时空中的我是跟谁、在哪里、过着怎样的生活；是不是已经尘埃落定，不再流浪；关于穿越世界的梦想，是否还在心里熊熊燃烧。但至少在这个时空里，我坚持着理想主义者的存在方式，无论将来如何，我都确定这辈子一定会活得过瘾！酒到微醺就真的聊开了，话题开始转到关于宗教、关于灵魂、关于轮回、关于宇宙和外星人、关于人类文明的科技树是否点错方向，最后还有，关于我们骑完之后到拉萨是先吃火锅还是先吃烧烤。

我不是宿命论者，但我相信一切都是最好的安排，这个夜晚、这段旅途、这段岁月都是最好的安排。毕竟在当下，我们所有的今天，都是过去一切昨天里每一次可能发生的选择中、无数的可能性中，最终成为现实的那一个。

当骑行时我在想什么

村上春树有一本书叫《当我跑步时我在想什么》，光是书名就很容易勾起读者的好奇心。我觉得如果有个电子设备可以随时记录脑海中所想的一切事情，回头再看，应该是很有意思吧！我平常有写日记的习惯，会记录一些白天骑行的时候脑海里天马行空的想象。总结一下当骑行时我在想什么，大致有三种：

首先，所有关于在路上奔走不息的联想都会让人暂时忘记体肤之苦。

在藏北空旷的高原上骑车，天空很蓝，云彩很低，所见风景大多是野山、草甸或者荒漠，非常单一。大脑皮层的刺激有时候来源于耳机里的音乐，思绪就转移到了那些令人血脉贲张的歌声里。我听得比较多的是《平凡之路》，节奏感很强，特别喜欢那句歌词"我曾经跨过山和大海，也穿过人山人海"，很适合骑行阿里北线的情境。视觉里的一切像是镜头缓缓向前推动，偶尔出现的双日晕、藏羚羊、蓝宝石湖泊、雄伟的雪山，都是惊鸿一瞥。

骑车时我就会想象着有一架无人机从头顶开始一直升空，俯视地面上的我和我周围的一切，很快自己便如同蚂蚁般渺小，但自己翻过的山、跨过的河、走过的痕迹还清晰可见。车轮印的宽度可以忽略，但长度，即便放在整个世界地图的范围内，也是相当可观的存在。脑海里的无人机继续上升，地平线开始出现弧度，我知道我们是骑行在这样一颗美丽星球的表面，继而有种跳出时间之外的空灵感，大脑回路里关于过去、关于将来，都已经像胶片般划成一格一格。我从不去试图理清楚我想要的生活是什么样子，也从未想去规划所谓的人生道路，但是有一些碎片般的细节总是很清晰，像是冥冥之中注定要去经历，我姑且称之为"命运即视感"，比如：

骑着摩托车驰骋在长满草和蒲苇的草原公路上，单黄线的颜色鲜艳，车载音箱里轰鸣着"Trip the Light"。从悬崖上跳入海中，耳朵听到的声音瞬间浑浊，脚下一片幽蓝，抬头是无数气泡折射着阳光；在陌生的旅馆里，外面大雨倾盆，闯进来一个背包客，不管不顾地拿起我的酒杯一饮而尽，开始说话，头发还在滴着水；艰难地抬脚完成登顶前最后一步，我环视周围，群山皆在脚下，白雪皑皑，向这个星球致敬；我从很高很高的地方落下，风吹得眼睛都睁不开，只觉得斑斓的大地扑面而来，像是这个星球给我一个大大的拥抱。

一群孩子围着我，脸上还有鼻涕未干的痕迹，嚷嚷着要我陪他们玩游戏，从他们眼中我确定了自己的存在；我被一群野兽追逐，慌不择路，忽然它们的注意力被别的东西吸引，我得以喘息，然后唏嘘着有惊无险；在人烟稀少的荒原里，我放倒自行车，疲惫地点上一根烟，翻开地图看看距离晚上要扎营的湖边还有多远；大漠里的某个傍晚，星星先是一颗颗出现，然后不知什么时候银河就倾泻下来，远处的篝火让我心安；某个寒冷的夜晚在冰天雪地里，我哆嗦着喝着烈酒，看天上的极光在跳舞，一束手电筒的光从身后照过来，回头，一个熟悉的声音说道"原来你在这里"……

所有的想法，似乎与生俱来地扎根于命里，注定是要发生，当行走时，我明白自己此生应该如何度过。

从精神世界的英雄主义情怀中回过神来，我的双腿依旧机械重复地踩着脚踏，疲惫但颇受鼓舞。

其次，对于公路里程碑的期待和观察也可以让枯燥的骑行不那么无聊。

公路里程碑上的数字比风景更吸引骑车人的注意力，百无聊赖的旅程中，每一个里程碑都让人翘首以盼，它意味着这个世界上最美好的一个词——希望。里程碑对骑行者来说更像是一个类似于计时器的存在，每天几十或者上百公里的路途，都被分割成每一公里的骑行任务。看到1246公里路碑时，就在念叨着1245公里路碑赶紧出现，然后给自己定个短期目标，再骑10公里到1236公里路碑处停下来休息会儿、抽根烟、等等铁人。顺风时，听完一首歌的时间差不多会经过两个里程碑；逆风时，一首歌快结束了，会心急如焚怎么下一个里程碑还不出现。翻山时，会根据里程碑计算着距离某某垭口还有多少公里，再做个简单的算术：按现有的爬坡速度，还需要多久才能到达山顶。每天出发时都会预估今天要骑多少公里，那么今晚目的地的公里碑会在哪里，然后这一天内至少会做十来次减法运算，就是想告诉自己距离热腾腾的晚饭和清凉的拉萨啤酒还有多远。

里程碑不仅意味着期待，公里数的特殊意义也会调剂一下心情。8月20日是七夕，也是我们骑行阿里北线的第一天。下午从狮泉河出发我们骑了3小时，到达左左乡。那里没有一家客栈旅馆，我们只好找了当地的一个四川人开的职工餐厅吃饭，并请求在餐厅的长椅上借宿一宿。而这个职工餐厅刚好就位于1315里程碑旁边，于是我又特意往前骑了1公里，

七夕，1314 里程碑

去拍 1314 里程碑，朋友圈里全在刷中国情人节，我也凑个热闹应个景。回想起来特巧，一年前骑行中尼公路时，5 月 20 日那天，我恰好经过 318 国道 5200 公里路碑，远处的背景就是珠穆朗玛群峰！此外，这几次骑车旅行下来，我还遇到过许多比较特殊的里程碑，比如说中尼公路上的 318 国道 5000 公里路碑、川藏线上的 3333 和 4444 公里路碑，这些路边的里程标识，本身就是风景。

里程碑的数字也能很轻易地让想象力的翅膀开始舒展，阿里南线上的 1984 里程碑，不仅是我出生年份，也是乔治·奥威尔那部经典之作的名字，进而想到了他另一本作品《缅甸岁月》，于是决定这次 Gap Year（间隔年）旅行一定要去缅甸，去蒲甘感受"手指之处皆为佛塔"的震撼，而纪录片《轮回》里有个关于蒲甘清晨的场景曾深深震撼到我。接着我的思维又跳向《轮回》纪录片里那些唯美的画面，其中有关于沙坛城的描述是在列城，于是有点后悔当时印度之行将近两个月都没有去克什米尔地区……思绪就在各种时空之间跳跃着，等回过神来的时候，发现自己已经飞速放坡至结拉山脚下，准备再闯索比亚拉山口。

最后，脑海里经常飘过的内容就是唯美食不可辜负。

阿里北线大部分"搓板路"都在修路，中间1000公里几乎都没有里程碑，脑海里经常嘀咕的是美食。自第三天到革吉县之后，历经雄巴乡、盐湖乡和949公里处工地，终于在第七天到达阿里北线上最繁华的县城——改则。那一整天的骑行我都在咽口水，因为惦记着到了县城一定要吃大餐，最后找了一家川菜馆点了一盘我很喜欢吃的——红烧牛蹄筋！离开改则再到下一个大的县城尼玛，中间又经历了四天的食不果腹，我天天盼着青椒炒牛肚，最后得偿所愿时也是幸福感爆棚。然而我真正热爱的，始终是火锅！

方便面当主食的日子里，平均每天我至少想念八次火锅，恨不得早点结束这该死的骑行，然后立刻从拉萨飞重庆，下飞机直奔火锅店，牛油辣椒翻滚的九宫格伺候，黄喉、百叶、黄辣丁、鸭肠、脑花通通来一份，有盼头的日子总是美好的。我甚至得寸进尺地想如果每天骑一百公里就可以犒赏一顿火锅作为晚饭，我愿意把所有青春汗水都洒在青藏高原。但人还真是一种很奇怪的动物，结束这三千里路的粗茶淡饭之后，在重庆苍蝇馆子享受热辣的火锅时，我又开始想念这段已成为回忆的苦旅。

设想一下，每天8-10个小时的时间都在自行车座椅上度过，身体重复着简单的机械运动，又不能像在跑步机上锻炼似的还能一边摆个手机看电影，那么唯一可以娱乐自己的，只能是思维的火力全开，让精神世界里的画面更加丰富，只有这样，才能耐得住枯燥时日里的寂寞。

生于 1984 年的我在 219 国道 1984 公里路碑

后 记

PREFACE

　　几年前朋友 kid 作为过来人就跟我说过，一段长期的旅行归来，会经历一个痛苦期，走出去容易，走回来难。可是我终究要去面对，我选择当初放纵不羁爱自由的逍遥，就不得不承担相应的副作用和后遗症。我从来没有如此平静过，在半夜飞机降落北京机场之后，耳机里放着《安河桥》，这个城市还有很多未眠的人，我不兴奋，是因为风一样的旅行时光告一段落；我平静，是因为我并不知道接下来重新回归城市生活，自己会是怎样的心情。惶惶地等待随之而来的一切，或许就像宿醉狂喜后的清欢，像那一句话说的那样，"生命中曾拥有过的所有灿烂，终究都需要用寂寞偿还。"

　　我会害怕，我害怕变得不那么热爱生活，不那么热爱旅行了，Gap Year 旅行的最后一段时光里，这种担忧尤其明显。在黄山光明顶等待日出时，东方霞光万丈，眼瞅着太阳就要从云海里抬头，人群开始欢呼沸腾，我却无动于衷，无论是表情还是内心，非常淡定，没有一丝波澜，甚至连期待都没有，我甚至都纳闷，不过日出而已，干嘛激动成那样？骑行阿里北线之前第四次到达拉萨，机场大巴路过布达拉宫门口，车上很多游客也是兴奋地大呼小叫，拉开车窗窗帘一通拍照，对着手机，也不知道是微信还是电话，喊着："我在布达拉宫！我刚路过布达拉宫！"到拉萨之前，从国外回来，途径云南大理，在双廊青旅遇到几个驴友，有刚毕业的大学生，也有年近不惑的大叔，一起从大理玩到丽江，他们表现出来的精神状态就是因为对这个世界好奇且惊喜，因自由自在的行走而天然产生的一种愉悦，阴天的洱海畔，他们欢天喜地拍照，笑逐颜开，聊大谈笑时眼神里放着光，就连看到我微博里几年前拍的梅里雪山，也会丝毫不隐藏眼神里透露的震惊，并表示接下来一定要去。我发现，比起自己，别人更容易开心，更容易动容。"永远年轻，永远热泪盈眶"这句话，说起来简单，其实还蛮难的。

所以在"Lonely Planet 100 books挑战赛"的最后演讲中，我说道："亲爱的，千万不要以为在路上的生活如诗和远方一样浪漫美好，也不要认为'走，去看看这个世界'是摆脱当下泥沼般腐朽人生的捷径，没用的，活得开心也好，不开心也好，跟远不远方，旅不旅行，没半毛钱关系，说到底，终究取决于你是否热爱生活。"

如果说这段旅程有没有留下什么遗憾，那么我所能想到的是，选择一些，就意味着要错过一些。夜深人静的时候独自回忆这段在路上奔流不息的岁月，我发现原来更多的是在告别，告别一段疯狂的间隔年旅程，告别过去恣意妄为的人生，告别过去那个能够轻易被点燃、轻易被感染的自己，告别曾经生命中在乎的人。

得知外婆去世的消息，是在骑行川藏公路的时候，看到微信上我弟发的朋友圈，当时我在然乌镇湖畔宾馆里吃着早餐，脑袋"嗡"的一下，立即起身出去给家里打电话……外边乌云阴霾，悲伤还要故作坚强地安慰着妈妈和外公。

亲人离世，我却在几千公里之外翻山越岭，葬礼两天后举行，我却无法赶回去。流了两次眼泪，一次是电话里妈妈哽咽着跟我说："儿啊，我没有妈妈了。"一次是随后然乌到波密的骑行途中，想到逢年过节跟外婆一起打麻将的情形，老人家一些近乎孩子气的脾气——比如她马上就要和一把大牌，结果被我小屁和抢先，外婆就会嗔怒地拍打我一下："你这个外孙真会捣乱。"然后咯咯地笑，很慈祥很可爱……可惜这一切都已逝去，我和外婆从此阴阳两隔。甚至上一次跟外婆一起过年还要追溯到 2012 年，因为 2013 年春节没回家去了柬埔寨和老挝，2014 年春节回家时，外婆已经躺进 ICU 病房，一直到现在靠呼吸机维持了 17 个月的生命。这样的离开是一种解脱吧，我相信灵魂和前世今生，我也相信死亡只是另一个开始，下辈子我还要做您的外孙，就像很久以前，我还淘气不懂事，而您的头发也尚未花白。

　　"我猜，人生到头来就是不断地放下，但遗憾的是，我们却来不及好好道别。"仅以此书，纪念我亲爱的外婆。

图书在版编目（CIP）数据

一路向心：在空气稀薄地带骑行 ／ 白宇著 . — 北京：北京出版社，2017.1
ISBN 978-7-200-12478-1

Ⅰ . ①一… Ⅱ . ①白… Ⅲ . ①游记—作品集—中国—当代 Ⅳ . ①I267.4

中国版本图书馆 CIP 数据核字（2016）第 217440 号

一路向心
在空气稀薄地带骑行
YILU XIANGXIN

白宇 著

*

北 京 出 版 集 团 公 司
北 京 出 版 社 出版
（北京北三环中路 6 号）
邮政编码：100120
网 址：www.bph.com.cn
北 京 出 版 集 团 公 司 总 发 行
新 华 书 店 经 销
北 京 天 颖 印 刷 有 限 公 司 印 刷

*

889 毫米 ×1194 毫米 32 开本 7 印张 200 千字
2017 年 1 月第 1 版 2017 年 1 月第 1 次印刷
ISBN 978-7-200-12478-1
定价：45.00 元
如有印装质量问题，由本社负责调换
质量监督电话：010-58572393